錆喰いビスコ
【さびくいびすこ】
瘤久保慎司
SHINJI COBKUBO PRESENTS
7
の爪
またたびけん ねこのつめ
JN073898

BISCU
猫《びょう》招《しょう》天《てん》の経典いわく――
東京が大爆発で滅んだとき、
猫たちは人間達を見限って
地底に猫の国を興したと……
こう教えておるんでございますねえ。
A BOY WITH A BOW RUNNING THROUGH THE WORLD LIKE A WIND

S A B I K O

THE WORLD BLOWS THE WIND ERODES LIFE

「「みゃ――ツツ!!」」

あやすのは任せて、
伊達に『猫柳《ねこやなぎ》』ミロ
やってないよ！

月餅《げっぺい》！
その怨恨の牙、
ゆえなき人間に
向けさせはせぬ！

アタシは甘草月餅《あまくさげっぺい》。
猫を。そして人間を！
等しくぱらいそに導くものなり！

SABIKUI BISCO 7

DESIGNED BY AFTERGLOW

[イラスト] 赤岸K
[世界観イラスト] mocha
(@mocha708)
[題字] 蒼喬

The world blows the wind erodes life.
A boy with a bow running
through the world like a wind.

序列　社会　因習
正体なきものに盲従するは
それ『猫』にあらず
『猫』は　自由の獣
故なき鎖を喰い千切り
秩序の喉笛に　牙突き立てしものなり

「邪仙・甘草月餅《あまくさげっぺい》。お主の野望、最早《もはや》これまで！」

ぴかり、天雷が。

山頂の巨木に落ち、燃え落ちる炎で小判山の夜を朱《あか》く照らした。

二足で土を踏みしめる、黒猫の侍と、白猫の邪仙。

宿命のふたりが風に立ち……。

舞い散る火の粉に照らされて、その双眸《そうぼう》をぶつけあって居る。

「悪猫には悪猫の矜持《きょうじ》があろう。己が爪で、潔《いさぎよ》く腹を斬るがよい」

黒猫、低く鋭い声。

紋付袴《はかま》に黒い尾をひゅるりとなびかせて、名刀の切っ先を、宿敵の眼前へと向けて居る。

その刃《やいば》の波紋にぎらりと映る、もうひとりの白猫は……

「にゃかかかかか………！」

血みどろである。

派手な南蛮装束と、白い毛並みをぶちのように赤く染め、それでも汗だくで嗤《わら》って居る。猫の国を我が物とせんとするこの白猫の野望も、今や、黒猫の剣力の前に潰《つい》えようとしておった。

「情《にゃさ》けをかけたつもりかよ。瞬《またたび》火剣《けん》・羊羹《ようかん》……！」

ぜえぜえと息を切らす白猫、しかしその猫眼《ねこめ》は、何かの企《たくら》みにぎらりと光り、

「名前通りの、その甘さがッッ！」

落雷！

びしゃん！　と光る一瞬の閃光《せんこう》が、黒猫の視界を白く奪った。必殺の一瞬をつかまえた白猫、鋭い爪を振り上げて、黒猫目掛け振り下ろす！

「翻《ひるがえ》って、てめえを殺すんだアア――――ッッ!!」

ずばんっっ！

すれ違う二人。

…………。

……ぶしゃあああっっ、と、
高く血煙を噴き上げたのは、白猫のほうであった。

「――――し、七代、先まで、」

鮮血をごぼりと零《こぼ》す白猫、振り返りざま、その眼《め》に黒猫の姿をしかと焼きつけて――

「呪って、やるわ。瞬《またたび》火剣《けん》・よう、かん……」

どさり、と、その場に倒れ伏した。

黒猫は……

しばし血を吸った抜き身をそのままに、虚空《こくう》を睨《にら》む白猫の貌《かお》を眺めて居た。火の粉がちりちりと黒い睫《まつげ》毛を焦がしても、その猫眼《ねこめ》は瞬《まばた》きすら忘れたようであった。

（かんかんっ。）

と、いった具合にございまして――

今お聴きいただきましたのが。猫招天《びょうしょうてん》に伝わる中でも有名な物語、『瞬《またたび》火剣《けん》・羊羹《ようかん》』の、第一幕でございます。

邪悪の白猫・甘草月餅《あまくさげっぺい》を成敗したこの羊羹《ようかん》は、この功績によって八代将軍になり、数々の活躍の逸話を残すわけですが――

それにしても猫をお侍にしちゃうなんて、昔の方もなかなかユニークなお話を考えるもんですねえ。

本日は、まことめでたき猫鎮祭《びょうちんさい》の日。

猫の日にこの語りを聞けば、その年はマタタビの加護あって、無病息災のお約束があるなんてことを云《い》われておりますよ。

本日はこの瞬《またたび》火剣《けん》・羊羹《ようかん》の語り、続けて楽しんで頂きたく思ってございますが……

何分このお話、あたしもお客も体力を使いますのでね。

休憩がてら、「猫」の起こりについて、お話しさせていただきましょう。

この日本は、我々人間の住む『人国《じんこく》』と、猫の住む『猫摩国《びょうまこく》』に分かたれているというのが、猫招天《びょうしょうてん》の教えのひとつでございます。

東京が大爆発で滅んだ際に、猫たちは人間たちを見限って地下世界に移り住み、猫だけが住む国を興《おこ》したと……

猫招天《びょうしょうてん》ではこう教えておるんでございますねえ。


猫の経典いわく――

この日《ひ》ノ本《もと》は、かつて『にんげん』なる、暴虐ないきものに支配され、栄えておった。

猫のご先祖は。

にんげん達に、時に媚《こ》び、時に野生に隠れ……

かならず来る猫の時代のため、知性を隠し、忍び難《がた》きを忍び、血統をかたくお守りになられた――と、こうあります。

なるほど臥《が》薪《しん》嘗《しょう》胆《たん》の日々、察するに余りあることでございますなあ。

しかし猫の心掛けが実を結ぶ日がやってくる。

皆様ご存じの、東京大爆災。その日、首都『東京』を、

（かんかんっ。）

未曽有の大厄災が襲った！

天におわします猫世音菩薩《にゃんぜおん》の金のいかづちが、巨大なるにんげんの『てつじん人形』へ落ち、その炉を炸裂《さくれつ》させたのでございます。

炸裂《さくれつ》は錆《さび》の粒子となって日ノ本《ひのもと》じゅうにばらまかれ、瞬《また》く間《ま》に『埼玉』を、『神奈川』『千葉』を……とにかく、傲慢を極めたにんげん達の街をことごとく滅ぼしてしまった。

にんげん達が錆《さび》の風によってばたばたと死んでいく中、いち早く環境に適応したのが、賢きいきもの「猫」でございました。

猫たちは錆《さび》の粉を「瞬火《またたび》」なる力に変えて、考える知恵を、二足歩行を、また道具を用いる手足を獲得し……

地下に築きし大帝国『猫摩国《びょうまこく》』にて、今日《こんにち》豊かな繁栄の中にあるのでございます——


という、伝説ではございますが、さても。

瞬火剣《またたびけん》・羊羹《ようかん》ほどの名君が治めるとなると、さぞ、猫のお国も居心地がよいことでございましょうね。

一方でまあ、この忌浜《いみはま》の有様《ありさま》……

汚職まみれの黒革《くろかわ》知事が退任したかと思えば、猫柳《ねこやなぎ》新知事のまつりごとも未熟なこと……

美人は三日で飽きるとはよく言ったもの、まったく窮屈でかないませんなあ。

どうもあたしには、猫柳《ねこやなぎ》知事は人を治めるには向かないように見える。

ここはひとつ、黒猫将軍さまに施政のコツをご教授いただきたいものですな。

まさに、猫の手も借りたい……

おっと。

さあさあ、それでは第二幕に参りましょう。

第二幕の舞台は、先の決戦から十年後。羊羹《ようかん》将軍の即位を狙いすましたかのように、原因不明の疫病が城下に蔓延《まんえん》して——

1

「な――――――にが！」

講談小屋の扉を、ばん！　と乱暴に開けて、

「忌浜《いみはま》幕府に『猫の手も借りたい』……だ‼　おあとがよろしくてたまるか。私が普段、どんなに外交に腐心しているか知らないで‼」

忌浜《いみはま》県知事その人が憤然と飛び出してきた。

話のオチに、どうやら気分を害したようである……とはいえこれは噺家《はなしか》も災難で、まさか客席に知事が座っているとは思うまい。

猫柳《ねこやなぎ》パウー。

美しく、可憐《かれん》な佇《たたず》まいである。

サイドアップに挿された芭《は》猿《ましら》のかんざしは、きらりと白く陽光に光り、艶《つや》やかな黒髪の魅力をより一層際立《きわだ》たせている。

激動の世の中、普段は公務にかかりきりの彼女も、今日ばかりはひととき解き放たれ――かっちりしたスーツから筒蛇《つつへび》柄の浴衣《ゆかた》に着替え、猫招天《びょうしょうてん》の祭りを大いに、かつ平穏に楽し

む心算であった。

ただ、それも……

ばんばんばんばんっ！　と猛《たけ》り狂《くる》ったように打ち鳴らす水ヨーヨーの爆音が示すとおり、台無しであった。

周囲の民衆も思わず、

「なんだなんだ」

「空襲か？」

怯《おび》え混じりに振り返る始末である。

「待てまてまてっ！　パウー！　ああっ、居た！」

やや遅れて小屋を出たビスコは、パウーの剣幕にすっかり怯《ひる》んでしまった受付に後払いの料金を払い、ぷんぷんと怒り散らして進んでゆくパウーへ慌てて追いついた。

「出たないつもの発作が。帰ることないだろ‼　話はこっから本番なんだぞ」

「だって、ひどいではないか！　せっかく二人で猫将軍の英雄譚《たん》を楽しんでいたのに……いきなり現実に引き戻されてしまったぞ」

「そう言われてもなー。猫将軍のヨーカンの話は、まつりごとをいじるとこまででセットなんだよ。『猫の手も借りたい』まで言って、はじめてオチだからな」

「むう……⁉」

綺麗《きれい》にまとめたパウーの髪がわずかにほつれ、怒りで黒蛇のように躍り出す。

「それでは、あの話のたびに、私がバカにされているということではないか！」

「あ、いや、そういう、」

「今後忌浜《いみはま》で猫の講談をうつ者は、所得税を二割増しにする」

（恐怖政治じゃん）

「さあ！　もういいさ。つまらない話はやめだ！」

猫柳《ねこやなぎ》の血に伝わる、驚くべき切り替えの早さ。

パウーは鉄棍《てっこん》のかわりにヒトデ飴《あめ》をくるくると回して、びしっ！　と亭主の眼前へ突き付けた。

「今日は忌浜《いみはま》県を挙げての猫鎮祭《びょうちんさい》。夫婦水入らずで楽しもうではないか、亭主殿！」

（……けっこうおもしろい話なんだけどなあ）

瞬火剣《またたびけん》・羊羹《ようかん》と、邪悪の仙猫・甘草《あまくさ》の死闘の話は、その勇ましさからキノコ守りにも馴染《なじ》みが深く、子供向けの絵本などにもなっている。

猫の侍が戦うという荒唐無稽な物語でありながら、ビスコをして、

（まるで、本当にあったことみたいな……）

不思議なリアリティを持つ、異色の昔語りであると言っていいだろう。

そのお気に入りの話が妻の機嫌を損ねてしまったのはいささか残念な話ではあった。ビスコはぽりぽりと刺青《いれずみ》を掻《か》いて講談小屋を振り返り……直後に、祭囃子《ばやし》の響く唐草大通りへ向けて、嫁の怪力で引っ張られていった。


『　本日は　忌浜猫鎮祭　』

『人間の友を　祭りましょう』

『祭具　貴金属　20％〜70％ＯＦＦ！』


晴天の空にいくつもバルーンが浮き、宣伝文句を風に揺らしている。

猫の耳をイグアナに着けた騎兵たちが、はしゃぐ子供たちに小判型の飴《あめ》を配っている。巡業の僧侶たちは露店を物珍し気に見て回り、祭具屋はかきいれどきとばかりにそこらじゅうで呼び込みに大忙しだ。

『猫鎮祭《びょうちんさい》』。

かつて東京爆災より以前、人間は友として「猫」を飼い、共に暮らした。街の片隅に猫を見ることも、ごく日常的なことだったという。

ところが、錆《さ》び風が日本に吹き荒れて以降――

人間よりも錆《さび》に敏感であった「猫」たちは、一部の強靭《きょうじん》に進化した種を除いて、現代に生き残ることはなかった。少なくとも「イエネコ」と呼ばれる存在はほぼ絶滅したと言っていいだろう。

その後、イエネコ達は神格化され、様々な宗派で信仰された。神武十八天が一《いち》「猫招天《びょうしょうてん》」もまた、自由・金運の神として、所謂《いわゆる》招き猫の姿で描かれる。

猫鎮祭《びょうちんさい》は、そうした猫たちへの鎮魂を目的とした神事であり、先の講談師が語った「瞬火剣《またたびけん》・羊羹《ようかん》」の伝説も、猫を忘れぬための物語である。

この忌浜猫鎮祭《いみはまびょうちんさい》もまた、同様の行事であるのだが……

「チロルからの提言もあり、忌浜《いみはま》の猫鎮祭《びょうちんさい》はより娯楽色を濃くしてな。県を挙げて大々的にやろうという話になったのだ」

パウーが得意げに言う。筒蛇《つつへび》柄の浴衣《ゆかた》は、袖のところが筒蛇《つつへび》の頭になっており、腕を引くとちょうど亭主の腕に咬《か》み付くようだ。

「民衆は勝手なもので、新知事は娯楽が少ない！　などと評判が立っていたから、丁度いい。近隣県からの来客も多く、経済効果も覿面《てきめん》なのだ」

「ふ〜〜ん……」

「…………。」

どこか遠くを見るような亭主の目線に少し眉をひそめたパウーは、なんとか自分を励まして会話を続ける。

「そうそう！　それよりも。喜んでくれ、近々京都政府から、おまえの赦免状が下りる予定なのだ。これは前例のないことなのだぞ！」

「しゃめんじょう？」

「指名手配の 完 全 解 除 だ」

勿体《もったい》つけて、これでどうだという風に、パウーがビスコの双眸《そうぼう》を覗《のぞ》き込む。

「これまでは忌浜《いみはま》から出られず、新婚旅行も満足にできなかったからな。全国どこでも行ってよくなる。国から晴れて自由を認められるのだ！」

（……自由を、認められる⁇）

「苦労したのだぞ。嬉《うれ》しかろう、亭主殿！」

「う〜ん⁇」

「薄いのだ、リアクションがっっ‼」

パウーが弾《はじ》いた乾坤《けんこん》のデコピンが伴侶の額を捉え、赤い髪を風圧でなびかせた。大きく仰《の》け反《ぞ》ったビスコは「いいぃッ」と唸《うな》りながら額をさすり、すっかり怒ってしまった妻を慌てて追い掛けていく。

このとおり。

今のビスコに、死地に輝く矢の鋭さはない。どこかうつろな瞳で祭りを眺めるばかりで、双《そう》眸《ぼう》の翡翠《ひすい》の輝きも雲がかかったようである。

一言で言い表すならば……

あるいはそれは『退屈』であっただろうか？

穏やかで静かなはずのビスコの表情は、それに振り返るパウーの心を、

（…………っ。）

真綿のような不安でぎゅっと締め付ける。

思いこめば一途《いちず》な女、伴侶の幸せのためにと身を粉にして尽くしているのだが。どうにもやることなすこと、颪のようなビスコの心を捕まえられない。

ふと眼《め》を離せば、

（もうそこに、居ないのでは）

そんな気さえして……

とにかくビスコを繋《つな》ぎ止《と》めようと、パウーも必死なのだ。

「おい、なにがどうして気に障《さわ》ったんだよ！　お前最近、怒ってばっかだぞ」

「……おまえが喜ばねば、なすことなにもかも意味がない。どうすれば喜んでくれるのだ？」

「そう言われてもなあ」

「遠慮なく言え、私は知事だぞ！　その気になればなんだって変えてやれるのだ。例えばこの祭りの、どこが気に喰《く》わん？」

「……う〜ん……？」

ビスコも猫鎮祭《びょうちんさい》は嫌いではない。

ただ、一般の都市人とキノコ守りとでは、神事に対する捉え方がぜんぜん違う。キノコ守りにとって祭りというのはもっとストイックな存在なのだ。

猫招天《びょうしょうてん》は束縛を撥《は》ねのける狩りの神として身近に信仰されていたもの。誰かが大切な獲物を仕留めた時に、自然と周囲のキノコ守りが集まって、祭りの形になる……そういう、祈りが高まったときに自主的に神と向き合うという姿勢が、ビスコにとってはごく当たり前の、祭りの在り方なのだ。

年にこの日と決めて行うというのはそもそも祭りの考え方が違うし、ましてや目の前の、この……

わたあめとか、チョコバナナとかイグアナフランクとかそういう感じではない。

「しいて言うなら。あの……アレ……」

「む？」

ビスコが見たのは、県庁の巨大スクリーンに映る、三人組のアイドルであった。四つ打ちのビートに合わせ三人の女の子がくるくると踊り、猫耳と尻尾をひらめかせている。

「神舞のつもりか？　あ、あのカッコは一体……」

かなりきわどい。そういう神舞もあるにはあるが、それにしても……

「コスプレというやつだ。猫招天《びょうしょうてん》をイメージして、衣装を作らせた」

「⁉　びょ、猫招天《びょうしょうてん》の、コスプレ……」

なんつー罰当たりな、とビスコが続ける前に。

「……ははあん？」

拗《す》ね気味だったパウーの顔が、ようやくにやりと楽しそうに歪《ゆが》んだ。

「成程。ああいうのが良かったのか」

「えっ」

「そういうことは早く言え。待っていろ、着替えてくる」

「はああ⁉　待っ、もごっ」

パウーは持ったヒトデ飴《あめ》をビスコの口に押し込むと、だんっっ！　と地面を蹴って跳び上がり、浴衣《ゆかた》をはためかせて屋台の上を跳ね跳んでいった。ビスコはただ茫然《ぼうぜん》とそれを見送りながら、もごもごとヒトデ飴《あめ》を咀嚼《そしゃく》するしかない。

（……。）

飴《あめ》を呑《の》み込んで、周囲を見回す。

猫招天《びょうしょうてん》の僧侶に猫化粧を施してもらい、喜ぶ旅行者たち。

貴金属や動物を買い付ける、霜吹《しもぶき》商人の独特のイントネーション。

射的のゲームで屋台の景品をかっさらって喜ぶ、キノコ守りの子供たち……。

誰もが平和の中で笑顔を浮かべ、あたたかな幸福を享受している。

祭りの熱気に賑《にぎ》わう人ごみの中で、一陣の風が――

ビスコの肌を涼しく吹き抜けた。

(やっぱり)

(俺が、都市で暮らすのは無理だ)

こればかりは。

宿命的なものだ。ビスコはもともと冒険の星の下にあり、その運命を未知と躍動に抱きしめられている。

このごろ何かを求めて彷徨《さまよ》う翡翠《ひすい》の視線は、その引力に引かれてのものだと、無意識のうちに本人も強く感じているところだろう。

(俺が、俺の星の下に戻ったとして、)

(ミロはかならず俺についてくる。)

(だから。だとしたら、もしそうしてしまったら、)

（パウーはどうなる……？）

あるいは、二人と弟で。あるいは、子を授かって……

いずれにせよ、人の、社会の平穏の中で健やかに生きることを、妻は望んでいよう。

そこから彼女を引きはがす理由も、義理も、なにひとつない。

（でも、だからって、）

ビスコの双眸《そうぼう》がわずかに細くなり、人ごみの孤独の中で、過ぎゆく風を睨《にら》んだ。

（はじめて、背くのか。祈るのをやめるのか？　俺の、神に……！）

「もし」

ふと。

ビスコを覆う風を不意に突き破り、裏路地の入口から声をかけるものがある。

「もし。そこの、キノコ守りの御方」

「……んお？」

占い師であった。

小さな机に座り、薄手のブルカで全身を覆っている。

「この人混みの中で、随分な瞑想《めいそう》の中にあられた御様子」

単眼の装飾をされた顔の、メッシュの部分からビスコを見ているようだ。頭に着けられた猫耳の意匠は、取って付けたような先のアイドルのものと違い、本格的なそれである。

「わたくし、猫招天《びょうしょうてん》に仕える占術師」

ぺこり、と頭を下げる。女とも、男ともつかぬ声だ。

「ご縁を感じます。診ていかれては……お悩みのお助けになるやも」

「必要ないよ。金もないし」

「お金は取りませぬ、修行のために参っております。……いやはや極めて、『猫』とのご縁を感じます。さあ、こちらへ」

「………。」

ビスコも不思議な勘のはたらきを覚えた。すでに気配でその占術師に悪いものは感じなかったので、てくてくとその占い師の前に歩き、腰掛ける。

「猫の占いねえ。何を診るんだ？」

「この世には、『人国《じんこく》』と『猫摩国《びょうまこく》』、分かたれたふたつの世界がございます」

「おいおい。そりゃそういう御伽話《おとぎばなし》だろ？」

「我ら猫招天《びょうしょうてん》の信徒はそれを、現実と見ております……まずは左のお手を」

云《い》われるまま、ビスコは左の手相を見せる。

「人国《じんこく》と猫摩国《びょうまこく》は、さながら陰陽のごとく、互いに作用しあう関係にあります……結構です、次は右の手を。わたくしは猫《びょう》摩《ま》国《こく》の気を読み解くことで、人国《じんこく》の歪《ゆが》みを正し……。お待ちください。あなたは……やや、これは……！」

占術師はビスコの右手を見た瞬間、戦慄《わなな》いて口上を止めてしまった。熱心に手相を覗《のぞ》き込む様から、演技のようなものは窺《うかが》えない。

「おいおい！　どうしたんだよ。祭りの日に縁起でもねえな」

「す、すみませぬ。しかしこれは……⁉　矢……なにか途方もない力の矢が、猫《びょう》摩《ま》国《こく》に突き立ったと出ております。それだけではない……この矢の場所は……」

占術師はそこまで言って、慄《おのの》くように席を立ち、転がるようにして後ずさった。

「じゃ、邪仙猫、甘草月餅《あまくさげっぺい》の封印が⁉」

「なんだァ、おい⁉　急にどうした！」

「お恨み申しますぞ」

わなわなと、震える声で言葉を紡《つむ》ぐ占い師。

「あなたの矢が『自由』を求めたせいだ。そのせいで、猫の国は……！」

「何だってんだ。占い師なら、噛《か》み砕《くだ》いてわかるように言え‼」

「ヒャア」

占術師はビスコをまるで化物かなにかのように、占い道具もそのままに裏路地へ逃げ去って行ってしまった。ビスコはそれを追い掛けようとして、ばかばかしくなりすぐに立ち止まってしまう。

「なんだってんだ？　腕は良さそうに見えたのに……」

ビスコは占い師が撫《な》でた自分の手相をまじまじと見て、どこに驚いたのかさっぱり理解できぬまま、もときた大通りを振り返る。

と……。

先ほどまで祭りで賑《にぎ》わっていたはずの唐草大通りの風景が、

しん、

と静まり返っていることに気付く。屋台にいるはずの店主たちは一様に店を空け、売り物の祭具や焼き菓子などが地面に散乱しているのだ。

（………何だ？　様子がおかしいな）

裏路地から大通りへ戻ろうとするそこへ、

「ニャ――ッ」

「んお!?」

突然頭上から注いだ声に、ビスコがばっと見上げる。

「にゃあ」

走る配管の上に、しゅるりと座る姿。

「パウー!?」

ビスコは思わず声を上げた。

そこには先ほどまでと同じ、浴衣姿《ゆかた》のパウーが……

いや。

何か猫の耳のようなものと、ゆらゆらとくねる尻尾を備えたパウーが、それこそ猫のように四つ足で座り、細く輝く瞳でビスコを見下ろしている。

ビスコから見上げるパウーの姿は影になっているが、その中に猫眼《ねこめ》だけが月のように妖しく輝き、まるで本物の猫と眼《め》を合わせているようである。

どうやら……

亭主を喜ばせようと、例の猫の格好をしてきたものだと、ビスコは踏んだ。パウーに関して派手な格好をしたがるのは日常的なことなのだ。

「……あのな。別に服がどうこうって話じゃねーよ！　人の話をいっつも、最後まで聞かないんだお前ってやつは。降りてこい！」

しゅたり！　としなやかな身のこなしで眼前に降りるパウーへ、ビスコは溜《た》め息《いき》とともにずかず歩み寄り、屈《かが》み込んでその顔を合わせる。

パウーの顔からは……

どう付けたものか、長い猫髭《ひげ》が生え、ぴくぴくと揺れている。

「……にしてもお前、すごいリアリティだな、この耳。どうやって着けたんだ……？」

ぎゅうっ！

「！　いぎゃ——っっ⁉」

「んうぉっっ⁉」

引っ張った猫耳が体温を持ち、しっかりと頭から生えているのに驚愕《きょうがく》して、ビスコは思わず手を離す。眼前には涙目になったパウーが、鋭利な牙を剝《む》きだしにして、顔を真っ赤にしている様が映る。

「フ——ッッ‼」

「ま、待て！　お前おかしいぞ、一体どうなってっ」

ずばんっっ！

疾風のような「爪」の閃《ひらめ》きがビスコを襲った。顔に入った三本の筋と、噴き出す鮮血を手に取って、ビスコが戦慄《わなな》く。

「何だこりゃ⁉」

間髪入れず、牙を剝《む》きだしにしたパウーが、亭主目掛けて飛びかかる！

「フギャ——ッッ‼」

「うおわ——っっ⁉」

＊＊＊

『本日は　忌　浜　猫　鎮　祭』

の、

バルーンが引きずり降ろされ……

何か鋭利な爪のようなモノで、ずたずたにされている。

静まり返っている。

先ほどまでの賑《にぎ》わいはどこへやらだ。各種露店は店主もおらず、商品や小銭入れはそこらに散乱し、自警団のイグアナは騎乗者を失って、所在なさげにそこらをうろつくばかりだ。

「くそっ、」

門番すら消《き》え失《う》せた忌浜《いみはま》北門をくぐって、

「遅かった！　忌浜《いみはま》もやられちゃったみたい」

背中にバックパックを背負ったクラゲ髪の少女が、ぜえぜえと息を荒らげた。

商人チロル、猫鎮祭《びょうちんさい》に乗じて商売に現れたかと思いきや、これはどうやらそういうわけではない。というのも、その身体《からだ》の有様《ありさま》を見れば瞭然であった。

チロルの瞳孔は三日月のように細くなり、その上、なにやら獣の耳のようなものが、髪をか

きわけて生えてきている。可愛《かわい》らしいが口からは明らかに牙とおぼしき歯が生えてきており、言うなればこれはまさしく
『猫人』

に変異したような有様《ありさま》であった。

「おじいちゃんの言った通りだ。はやく、ミロに伝えないと……」

チロルが獣性に侵されそうになる思考を必死に回す、それへ、

(ひゅんひゅん)

と羽音を立てて、ホネヤンマが物珍しそうに近寄ってきた。何珍しくもないトンボの一匹、無視してパンダ医院へ駆け出すチロル。

の、はずが、

「にゃっ!!」

チロルの鋭い爪がホネヤンマを襲う! 間一髪でそれを躱《かわ》したホネヤンマを見上げながら、チロルは喉の奥で「ぐるぐるぐる」と唸《うな》り、

「はッ」と我に返る。

「な、なにしてんだあたしはっ! 行くんだよ、ミロんとこへ!」

ぎぎぎぎ、と猫の本能から己を引きはがし、街中へ視線を向ける。そして、街の窓々から覗《のぞ》く妖しく光る視線に、ぎょっ、とチロルは再び固まった。

「にゃご」

「にゃがが」

「にゃご――――っ」

「あわわわ……ま、まずいっ！」

ばりいん！　とそこらじゅうの窓を突き破って、半猫と化した忌浜《いみはま》県民たちが、チロル……もとい、
チロルの周りを飛ぶホネヤンマ目掛けて飛びかかってきた。子供、商人、自警団員とそれこそ見境なく襲い掛かってくる半猫人たちを、しなやかな半獣の身体《からだ》でするりとかわし、チロルは間一髪でそこから跳び抜けた。

「「「にゃばば――――っ」」」

「やべえよマジで。はよせんと、あたしもああなる！」

土埃《つちぼこり》をあげ、球のようになって揉《も》み合《あ》う半猫たちを後目《しりめ》に、チロルは理性を取り戻してパンダ医院へ跳び駆けていった。

「猫柳《ねこやなぎ》先生！　また急患です！」

「こっちへ！」

担架が運ばれてくる。

寝台の上に、腕、腰、脚と念入りに固定されているのは、生まれはカルベロの漁師、現忌浜《いみはま》自警団のエース・ナッツその人であった。

流血はなく、怪我《けが》らしい怪我《けが》は見当たらないが……

その様子は異様である。

「ナッツ！　そんな……！」

「にゃがァ――ッッ！」

トレードマークのサメマスクは、自ら食い千切ってしまったようだ。歯茎を剝《む》き出《だ》しにして吼《ほ》えかかるナッツの口に、ベルトを強引に咬《か》ませれば、ナッツは抗議するように「にゃがあおお」と首を振りたくった。

（みんなと同じ症状だ。まさか、ナッツまでが……！）

パンダ痣《あざ》を伝う汗を拭いながら……

久々の医師業務に追われるミロは、今や大病院になった『パンダ医院』院長として、現場の医師たちに次々に指示を飛ばす。

「これじゃ感染が広がる一方だ。猫鎮祭《びょうちんさい》の中止命令はまだ出ないの？　パウーに伝えた⁉」

「それが。本日いっぱいは、いかなる案件でも声をかけるなと、第一級命令が……」

「デートだな。職権濫用だよっ！」

ミロは頭を振って気を取り直すと、若い医師たちに呼び掛けた。

「皆さん集まって！　おおむね問題症状の特定ができました。この患者さんで説明します」

「にゃがーっ！」

「まず、この眼《め》を見て」

続々と集まる医師たちに向け、ナッツの眼《め》を開いて見せる。その眼光は、まるで獰猛《どうもう》な獣のようにぎらりと輝き、医師たちを委縮させた。

「明るいところで、患者さんの瞳孔はこうやって針のように細くなります。暗いところでは大きく開き、光を吸収する能力が非常に高くなるようです」

「感染から間もないはずよ」

「すごいスピードの身体変異だ」

「もう一つ特徴的なのは、この、歯の変化」

油断すると食い千切られかねない。ミロが金属の鉗子《かんし》でもって半ば強引にナッツの口を開くと、その綺麗《きれい》だった歯並びは、いまや狩猟動物のそれへと変化しつつあった。

「個人差はありますが、このように鋭利になり……彼の犬歯に至っては、およそ牙と言って差し支えないほど発達しています」

（まるで、これは……！）

ミロは自分で説明しながら、ナッツの身体《からだ》の変化に戦慄《わなな》いた。

（「猫」だ。この病気は猫科の動物に、人間をどんどん寄せていくんだ！）

「先生、病名を！」

「仮にですが『猫病』としましょう」

安易だが通りがいい。ミロはナッツの涎《よだれ》を拭いてやった後、並んだ調剤機《ちょうざいき》のスイッチを次々に立ち上げていく。

「院内すべての調剤機《ちょうざいき》を『抗猫《こうびょう》アンプル』に切り替えてください。素材はサボテンダケ・ヒソミタケ・エノキ・ヒラチナミン。麻酔効果にラステインも」

「『はい、先生！』」

医師たちはナッツの担架を押してばたばたと持ち場に戻り、この緊急事態に備えて一斉に調剤に入った。

（いっときはこれで凌《しの》げる。とはいえ……！）

一人の院長室、ミロは考え込む。

患者を落ち着けることはできてもこれは時間稼ぎであり、根本解決には至らない。それどころかこの『猫病』は、具体的な感染経路が未《いま》だ明らかになっていないのだ。

（原因をつきとめないと。このままじゃ日本中が猫に……）

「パンダ医院！ ここだ、間に合った！」

「きゃっ！ ちょっと、困ります！」

考え事をしているミロの耳に、ばたばたと騒がしい音が聞こえてくる。

「院長はお忙しいんです、今はお取次ぎできません……わぁッ」

「あたしは末期患者だぞ──っ！　どけこら──っ!!」

何事かとドアに近づくミロの眼前に、
ばんっっ!!

「わあっっ!?」

ドアを蹴り開けて、転がるようにピンクのくらげ髪が飛び込んできた。

「ミロっっ!!」

ミロと顔を合わせた瞬間、くらげ少女は喜びに猫耳をばたばたと扇がせ、まるで獣が喰《く》い掛かるようにその白い喉元に跳びつくと、

「にゃ──っっ。会いたかった！」

「ち、チロル!!　一体どうして……あっ、ちょっ、痛いよ、痛い！」

「ふぎゃ───っっ!!」

そのままパンダ医師の細い身体《からだ》を押し倒して、その首元に何度も甘く牙を立てた。夢中でじゃれつくチロルの爪がミロの白衣にかかり、無遠慮にびりびりと引き裂いていく。

「これは。猫病だ……！」

チロルに不釣り合いな獣の膂力《りょりょく》を感じたミロは、

（まずは落ち着かせなきゃ）

その狩猟本能を刺激しないよう全身を脱力させ、優しく猫耳の間を撫《な》でてやる。

「……よーしよし。猫になるの怖かったね。もう平気だよ、チロル……」

「ふ――――っ。ふ――――っ！」

（めちゃめちゃ興奮してる。まずいかも）

すでにチロルの爪はミロの襟元を裂き、鎖骨のあたりを舌で舐《な》め続けている。肉と汗の味が興奮を煽《あお》り続ければ、獣性が振り切れて咬《か》みかかってくる恐れもあった。

ミロは瞬時に判断を切り替え、

「チロル」

「ふぎゅ？」

チロルに見せつけるように。

白い首に自分の爪を喰《く》いこませ、つ、と肉を裂いて見せる。真っ赤な鮮血が喉元にわずかに零《こぼ》れれば、生命の香りが強烈にチロルの嗅覚に訴えた。

「汗より、血のほうが美味《おい》しいよ」

「っ……！」

血を見つめてぎらぎらと輝く、金色の双眸《そうぼう》。

「おいで？」

その声が、チロルの最後の理性をねじ切った。しなやかな獣の身体《からだ》を躍動させ、ミロの喉にかぶりついたチロルは、鼻が赤く染まるのにもかまわず、無我夢中でミロから零《こぼ》れる生命の鮮血をしゃぶり続ける。

（隙っ！）

ミロはすばやく腰のアンプルサックから抗猫《こうびょう》アンプルを抜き放つと、血に夢中なチロルの身体《からだ》を抱き留め、そのうなじに注射した。

「はぎゅっっ⁉」

キノコ守りが獣を仕留める動き、その精密動作においてミロの右に出る者はない。チロルは注がれる薬液にぶるりと震えながら、「あぅぅぃぃ……！」と熱っぽい吐息を漏らす。

「動かないで。すぐ効くから、リラックスして……」

「うぎゅいいい……」

チロルは即効性のアンプルで数分かからず理性を取り戻し、「んいい――っ！」と一声うってミロの身体《からだ》からなんとか自分を引きはがした。

「はあっ、はあっ！　み、ミロ、ごめん。あたし……！」

「チロルこそ、手遅れにならないうちに来てくれてよかった。まだベッドは余ってるから、しばらくうちに入院――」

「冗談っ！　寝てる暇なんてないよ、ミロ！」

ミロの言葉にチロルは、はっ！　と使命を思い出して、びりびりの白衣を揺さぶる。

「あたし、おじいちゃんの代わりにここへ来たの。はやく猫病の根元を断たなくちゃ！」

薬は効いたようだが、猫病がもたらす動物的本能をおさえるのはやはり至難の業らしく、チロルはしきりにカーペットを掻《か》きむしってなんとか己を抑えている。

「大茶釜僧正《おおちゃがま》の代わりに……？　万霊寺《ばんりようじ》は、猫病の根源を突き止めたの？」

「これ見て」

チロルが携帯コンピュータのディスプレイをすばやく広げると、衛星からの中継がそこに映る。映像は忌浜《いみはま》上空を中心に、北は浮き藻原《もばら》、南は埼玉鉄砂漠《てつさばく》までを捉えている。

「おじいちゃんが言うには、『マタタビ粒子』とかいう未知の粒子が猫病の原因なんだって。それが急に湧いた原因が、はっきり衛星に映ってる」

チロルの指はディスプレイをなぞり、忌浜《いみはま》の下、埼玉鉄砂漠《てつさばく》を南下して……『東京』の顕現した東京爆心穴《ばくしんけつ》、そのさらに南方を指さした。

「これ見て」

「……えええっ、何これ!?」

「『猫門』ていうんだって。見たまんま」

「冗談でしょ!?」

ミロが悲鳴を上げるのも無理はない。

かつては神奈川と呼ばれたその錆《さび》の砂漠の中に、ぽつねんと、

『巨大な猫の顔』

が生え、衛星を睨《にら》んでいるのだ。衛星写真から視認できるのだからこれはとんでもない大きさであり、表情のない眼《め》がより不気味さをかきたてる。

そして大きく開けた口からは、何やら火のように瞬《また》く霧のようなものが湧き出し、風に乗って忌浜《いみはま》へ運ばれてきているのが見てとれた。

「この、猫の、顔が⁉　猫の粒子を吐き出してるって⁉」

「いろいろ説明したいけど、それは後！　おじいちゃんの経文を直接流し込めば、この『猫門』は消えるはずなの。ねえミロ、そこまで護衛を……」

ふと。

早口気味に喋《しゃべ》っていたチロルの言葉が、止まる。食い入るように衛星写真を見つめていたミロは、ややあってそれに振り返り……

「……チロル？」

「ちょうちょっっ！」

ひゅばんっ！　と跳んだチロルの身体《からだ》を、「わあっっ！」と屈《かが》んでかわした。

一匹の白い蝶《ちょう》が、窓からひらひらと院長室に入り込んだのだ。それを追って暴れたくるピンク色の尻尾に引っ掛かり、花瓶が音を立てて倒れる。

「わああっ。チロル、暴れちゃだめっ！　おすわり！　ステイ！」

「ふぎゃ――――ッッ!!」

ミロの言葉も届かない。チロルは狩猟動物の本能に任せて蝶《ちょう》をぴょんぴょん追いかけ回し、カルテの紙吹雪を部屋中に舞い上げた。

（……チロルがこの有様《ありさま》じゃ、本当に悠長にしてられない。猫病を放っておいたら、人間がみんな獣になっちゃう！）

追加の抗猫《こうびょう》アンプルを抜き、ミロが止めようと身体《からだ》を起こすと……

「みゃ――――ッッ!!」

「ええっっ⁉」

息つく暇もない。

ばりんっっ!!　と医院の窓を突き破って、今度は長い黒髪の猫女が院長室へ躍りこんできたのだ。

さながら、猫というより、黒豹《くろひょう》……

浴衣《ゆかた》姿に、爛々《らんらん》と輝く藍色の猫眼《ねこめ》は、

「パウー⁉」

忌浜《いみはま》の黒鉄知事、猫柳《ねこやなぎ》パウーその人のものに間違いない。

小綺麗《こぎれい》な仕立てだった筒蛇《つつへび》の浴衣《ゆかた》は今やすっかり着崩され。猫病によってしなやかさを増したその豊満な肢体を包み切れず、あやういところを衣類としての矜持《きょうじ》でもってかろうじて覆っているといった具合だ。

「ちょ――っ!!　服、ちゃんと着て！　すぐ脱ぐなって言ってるじゃん！」

「みゃッ」

弟の言葉も耳に入らないのか、パウーは目ざとく蝶々《ちょうちょう》を見つけてチロルとそれを争い、

「んみゃ――ッッ」

「みゃご――!!」

お互いを牽制《けんせい》しあって転げまわっている。

そこへ、

「追いつめたぞ、コラ――!!」

がしゃぁんっ！　と、同じく窓から飛び込んできたのはビスコだ。

その顔面には今や、めためたに引っ掛かれた爪傷の筋が生々しく残り、首筋にもいくつも咬《か》み傷の跡。燃える錆喰《さびく》いの血がそれらを治癒しようと、活火山の亀裂のように傷口を輝かせている。

「ミロ、パウーを押さえろ！　そいつ亭主を噛《か》みやがった。口より先に歯が出る女なんて、お前の姉貴ぐらいだぞ！」

「にゃが――っ!!」

「ぎゃお――っっ!!」

「えっ、クラゲもいるんだけど⁉　ぐわぁっ！　やめろ――っ‼」

カルテはもとより、レントゲンの写真もあちこちに散らばり……みるみる散らかってゆく部屋の中で、名もなきちょうちょだけが死に物狂いに逃げ続けている。

一方のミロは。

ビスコが飛び込んできたあたりからゆらりと覚悟を決めてガスマスクを被《かぶ》り、アンプルサックの中からシビレダケ榴弾《りゅうだん》をおもむろに取り出していた。

ぼんっっ‼

床に叩《たた》きつけられたシビレダケの榴弾《りゅうだん》は、院長室の部屋中に白いガスとなって広がり、

「みゃ……お～～？」

「にゃふぁ～～……っ」

感覚の鋭敏な猫にクリティカルにヒット。

あれだけすばしこかった二人の猫女を、数秒とたたずにパタリとその場に倒れさせた。

その一方、

「わあッバカバカ。投げるんなら投げるって言えェッ」

さすが菌術の気配には敏感なビスコ、シビレダケの炸裂《さくれつ》の瞬間に口鼻を外套《がいとう》で覆い、辛《かろ》うじて昏倒《こんとう》を免《まぬが》れている。

白いガスが、ゆっくりと晴れた後――

荒れ果てた院長室には、むにゃむにゃと顔を擦る黒とピンクの猫女が、それぞれ浅い眠りにその身体《からだ》を委ねていた。

カマボコのような（ビスコ評）白いお腹《なか》を上下させるチロルと、肩をはだけて危うくいろいろ零《こぼ》しそうな姉の浴衣《ゆかた》を、ミロは慌てて整えてやる。

「やっと捕まえたぞ」

ビスコは戦闘の余韻冷めやらぬ、翡翠《ひすい》に輝く眼《め》でパウーを見下ろし、姉の脈拍を測るミロに声をかけた。

「しかし、爪やら牙が生えるほど怒らせたのは初めてだ。何がまずかったんだ？　お前の言うとおり髪型も、浴衣《ゆかた》も褒めたのに」

「バカ‼　ただのヒステリーで、人間に牙が生えるわけないでしょ‼」

（パウーには生えかねないぞ）

「人を獣に変える『猫病』に、パウーも感染したんだ。準備して、ビスコ！　パウーを処置したら、その原因を断ちに行かなきゃ！」

「！」

赤髪の少年の二つの瞳が、ミロの言葉のトーンにきらりと輝いた。

「忌浜《いみはま》から出るんだな！」

「詳しくはチロルが知ってる！　待ってて、今起こすよ……」

「何でもいい。アクタガワを起こしてくる!!」

「ええっ!? ちょ、ちょっと!」

「あいつ、都市に馴染《なじ》めなくて退屈してるはずだ。俺と違って、社会性がないからな!」

まだ、何処《どこ》に行くとも言っていないのに。

ビスコはまるで水を得た魚のように飛び跳ねて、太陽の胞子をきらつかせながら、

「すぐ来いよ、ミロ!」

一瞬だけ振り返り、窓から飛び出していく。

この頃、平穏の中に何かと曇りがちだった翡翠《ひすい》の双眸《そうぼう》が、とにかく何らかの脅威を得て、新たな冒険の鼓動に熱く輝くのを、ミロは確かに見てとった。

「……嬉《うれ》しそうにしちゃってぇ」

相棒の頭上で輝く冒険の星の性質を、ミロが知らぬはずはない。


(……我慢してたんだな。)

(そうゆうとこ、ばかだよ。)

(ひととき、手を取って、引いてくれれば——)

(きみに誰だってついていくのに)

ミロはひとり想《おも》ってガスマスクを脱ぎ捨て、吹き込む風に空色の髪をきらきらと揺らした。

そして、

散らかり切った自分の部屋を見て表情を一転、げっそりと溜《た》め息《いき》をつく。部屋の片づけに入る前に、床でぴくぴくと動く一匹の蝶《ちょう》を見つけると、それを指で元気づけ、割れた窓から外に逃がしてやった。

2

埼玉鉄砂漠《てつさばく》。

巨大な蟹《かに》の八本足が砂を咬《か》み、のしのしとその巨体を前に運んでいく。その鞍上《あんじょう》に風が吹き荒れ、細かい鉄の砂がびしびしと打ち付ける。

東京が、きらきらと虹色の胞子を放つ様を、横目に見て……

少年たちは外套《がいとう》で身体《からだ》を覆い、アクタガワを駆ってさらに南へと急いだ。

東京を過ぎるともはやそこは前人未踏、ウツボも鉄鼠《てっそ》も住まない黒鉄の海である。

晴天のはずだが、黒く煙ったような鉄砂が空中を覆って陽光を遮り、砂漠一帯を夜のように変えてしまっていた。

ただ、その荒涼の景色の中で一際《ひときわ》、ぎらぎらと生を漲《みなぎ》らせる相棒の瞳を……

ミロは楽しそうに時折眺めた。ビスコはしばらくしてその視線に気づき、何か妙に気恥ずかしくなったらしく、すぐに猫眼《ねこめ》ゴーグルで瞳の輝きを覆ってしまった。

『瞬《またたび》火剣《けん》・羊羹《ようかん》の言い伝えというのは、あにゃがち創作神話という訳ではないのぢゃ』

「では、大僧正さま。ぼくら人間の国の裏に、猫の国が本当にあると？」

「おめでてえジジイだ。サンタさんが未《いま》だに来るらしい」

「ビスコ‼」

『人国《じんこく》と猫摩国《びょうまこく》。本来それは分岐した別可能性の位相に存在し、お互いに観測はできにゅ。でも、こないだ神奈川に落ちた奇跡の矢が、人と猫とを門で繋《つな》げてしまった』

「「奇跡の矢……？」」

助手席で揺られながら、ミロと視線を合わせるビスコ。

二人の眼前、ポータブルディスプレイの向こうから『おほん』と咳《せ》き込むのは、白いモコモコの中から猫耳を生やした万霊寺《ばんりょうじ》・大茶釜大僧正《おおちゃがま》その人である。

『おヌシらが黒革《くろかわ》を倒した、超信弓《ちょうしんきゅう》の矢のことぢゃ』

「ええっっ」

「つ、つまり。今回の猫病の原因はっ」

『おヌシらのせいじゃ、このすかぽんたんっ』

いつもはぼけっと温厚な大茶釜《おおちゃがま》大僧正も、さすがに世界のコトワリを乱されてはたまったものではないのか、ぷんぷん！　と蒸気を噴いて珍しく怒っている。

『別の可能性、アナザー日本と門を繋《つな》げてしまうなんて、出鱈目《でたらめ》もいいとこ。今後あの弓は禁止ぢゃ。超信弓禁止‼』

「んなこと言ったって！　あそこで黒革《くろかわ》を撃たなきゃ……」

「うみゃぁ〜〜っっ……」

「チロル！」

手綱を預かるミロは、先ほどからしきりにバックパック中のチロルを気にしている。

「大丈夫？　またアンプルを打とうか？」

「だ、だいじょぶ……暇なだけ……」

チロルは手慰みに持っていた鼠《ねずみ》のおもちゃを壊してしまったらしく、猫の身体《からだ》にすっかり退屈を持て余していた。内側をやたらと引《ひ》っ搔《か》くので、バックパックも傷だらけである。

（爪も牙も鋭くなってる。もたもたしてられない）

一方忌浜《いみはま》に残ったパウーの方は、チロルより猫病への耐性が強かったため、ひとまず服薬によって正気を保っている。今頃は自警の指揮を執っているはずだが、とはいえ猫と化した民衆がいつ暴力蜂起するか知れたものではなく、それも心配の種だ。

「ねえビスコ。まだ門は見えない？」

やや焦《あせ》りにとらわれて相棒を振り向くミロに、

「…………。」

「ビスコ！」

「焦《あせ》るな。近づいてる」

猫眼《ねこめ》ゴーグルのメモリをいじりながら、ビスコが答える。

先ほどから猫眼《ねこめ》ゴーグルは、鉄砂の嵐の中にきらめく、またたく火の粉のような粒子を観測し続けていた。大茶釜《おおちゃがま》僧正曰《いわ》く、

『瞬《またたび》火粒子』

と万霊寺《ばんりょうじ》に伝わるそれは、アクタガワの歩みに合わせて、着実に濃く、強くなっているようであった。

どうやら、それに誘われてか……

「火鰤《ひぶり》が泳ぎ出したな」

黒い空にほむらのような背びれが揺らめき、物珍しそうにアクタガワを見下ろしている。

大ぶりの空中魚たちであった。

それに興味が移りがちなアクタガワを制して、ビスコが呟《つぶや》く。

「背びれの元気がいい。場の生命力が強い証拠だ。近いぞ」

「瞬《またたび》火粒子を吸わないように気を付けてね。いちおうアンプルは打ってるけど、僕もビスコも、いつ発症するか……」

「！　見えたぞ」

ゴーグルの倍率を上げて、ビスコがわずかに身を乗り出す。

「な……何だよ、ありゃ⁉」

「ビスコ、僕も見たい！」

「待ってろ。今晴らす」

ビスコは背中の弓を引き抜き、前方の砂漠に向けて一筋の矢を放つ。

ぼぐんっっ！

錆喰《さびく》いが伸び上がる。急成長した錆喰《さびく》いは周囲の砂を喰《く》って鉄の嵐を晴らし、火鰤《ひぶり》の群れをそこらに追い散らして、暗かったアクタガワ周辺に陽光を呼び込んだ。

そして……

「う、うわあ……！」

ミロの眼《め》に飛び込んできたのは、小規模な山のように盛り上がった、巨大な、『猫の顔』であった。

都合、猫の鼻は天を向いているわけであるから、アクタガワから見れば、ちょうど鉄砂から頬のあたりがヌオウと生えてきている格好になる。

猫の顔は突然差し込んできた太陽の光にわずかに目を細め、寝惚《ねぼ》けたように、

『んマ――――――――――――――――――――オ。』

と、間延びした長い声を上げた。

音波は風となって少年たちの外套《がいとう》をばさばさと揺らし、驚きやら呆《あき》れやら、とにかく圧倒的な存在感でもって二人の口をあんぐりと開けさせた。

『出よった。あれが『猫門』ぢゃっ！』

「門っていうか、猫そのまんまじゃねえか⁉」

『チロルっ！』

「あいさいっっ！」

チロルの声に二人が振り返る。バックパックから飛び出たチロルは、おじいちゃんの映るコンピュータをしゅばりとかっさらい、猫眼《ねこめ》を金色に輝かせて猫門を睨《にら》んだ。

「あれに経文を流し込めばみんなの猫も治る。鼻の頭まで、あたしを連れてって！」

「常識外れだぜ。どうしてあんなモンが、砂漠に生えるんだ？」

「あんたたちのせいだってば！」

「急ごう。アクタガワ！」

ミロの手綱に応えてアクタガワは勇んで走りゆくも、ちょうど猫の頰に八本足を喰《く》いこませた時点で、

『くにゃあ』

と、その思わぬ不気味な柔らかさに体勢を崩してしまう。

「うげえ。気味わる‼」

「アクタガワ、がんばって！」

アクタガワにしても、強固な岩盤やぬかるんだ沼地こそ得意とすれ、さすがに猫の顔の上を歩いたことはないだろう。手綱を通していかにも困惑した有様《ありさま》が伝わってきたが、それでもな

んとかアクタガワは猫門をよじ登り、その鼻っ柱に登頂することに成功した。

『んマ――――――――――――――――――――――――オ。』

「これが……」

「『瞬火《またたび》の元凶！』」

猫の声にびりびりと身体《からだ》を震わされながら、三人は鼻の上から猫の顔を覗《のぞ》き込んだ。大きく開いた猫の口の中には、銀河のように渦巻く瞬火《またたび》の粒子が渦巻き、それが中空目掛けて噴き上がっている。

「この口の向こうが、猫の国に繋《つな》がってるのか？」

『門を見てはにゃらぬっ。無用な干渉は避けるのぢゃ。汝《なんじ》が猫を覗《のぞ》き込むとき――』

「猫もまた僕らを覗《のぞ》いていると。なるほど、流石《さすが》のお言葉です」

「どこがどう流石《さすが》なんだ。普通の話だろ‼」

「猫の真上でべちゃくちゃ喋《しゃべ》んなっ！　いい⁉　あたしがこれから万霊寺《ばんりようじ》の経文でこいつを閉じる。あんたたちは、しっかりあたしを守って！」

チロルは猫のしなやかさでもってアクタガワから飛び降りると、携帯コンピュータから何やらカラフルなケーブルを伸ばし、猫の鼻の頭に突き刺す。そして、爪の伸びた両手で器用にキーボードを叩《たた》き、万霊寺《ばんりようじ》に伝わる呪言を打ち込んでいった。

「おじいちゃん、準備できたっ！」

『接続確認ぢゃ。今こそ万霊寺《ばんりょうじ》僧百人の仙力にて、ホープ様秘伝の真言《しんごん》を振るうとき！』

大茶釜《おおちゃがま》僧正が「しゃんっ」と錫杖《しゃくじょう》をかざせば、その背後に控えた百人の禅僧が、額に赤い梵《ぼん》字《じ》を浮かび上がらせ、口々にマントラを唱《とな》え仙力を練り上げる。

『閉門プログラム、**閉じえもん・exe**を展開！』

『『はッッ』』

『ファイアウォールによる妨害が予想される。チロルよ、突破は任せてよいな』

「本当はゲームパッドがいいんだけど。弘法筆を選ばずっ！」

チロルがすばやく画面を切り替えると、そこには何やら微細なドットで描かれたシューティング・ゲームの背景が映し出された。画面上部から降ってくる猫が吐き出すおびただしい弾幕を避けながら、クラゲ型の自機が梵字《ぼんじ》の弾丸を撃ち込んでゆく。

「おじいちゃん、侵入できたっ！　経文を流して！」

『**『らんち・げーと・くろーざー。検索。更新。でりーと・ねこ・こんふゅーざー。構築。更新。検索。りらんち・ねこ・でりーたー……』**』

「くそっ。思ったより弾幕が厳しい……！」

鮮やかに敵猫を撃破してゆくチロルの肌はしかし、髪の毛が張り付くほどにじっとりと汗をかいている。自身の中枢に侵入されびくびくと震える猫門の上で、ビスコは……

「おいミロ。なんか急に遊びだしたんだけど、こいつ」

「違うってば！　これはハッキングプログラムをゲーム風に可視化したものだよ。万霊寺《ばんりようじ》の仙力が、そのままチロルの弾になって……」

「俺にもやらせろ。死んだら交代だぞ」

「あ——うるさい！　気が散るっ！　……ようし、もうちょっと……！」

チロルの指がすさまじい早さでキーボードを弾《はじ》き、大ボスらしき巨大な招き猫のライフゲージを削り終わる……

その直前に、

『マ、マ、マ……』

「⁉　猫が起きた。こいつ、暴れるぞ」

「チロル、危ない！　一旦ここから逃げよう！」

「だめ、あとちょっとなの！　このボムさえ……ああっ⁉」

『マ————ックション‼』

猫門の盛大な『くしゃみ』が、リアクションの暇も与えず、三人と一匹を空中高く撥《は》ね上げた。口から発せられるとんでもない風圧と、おびただしい瞬《また》火《たび》の竜巻にその身を包まれ、三人は為《な》すすべもなく空中を転がされる。

「ビスコ‼」

「すげえ力だ。身動きが取れねえ！」

『んマ――――――――――』

それまで眠たげだった猫門の眼《め》が、『カッ』と光り輝くように見開かれ、明らかに三人と一匹を標的としたようだった。とくにその関心は、一番食べでのありそうなアクタガワに熱く向けられている。

「まずい。アクタガワが食べられちゃう！」

「やらせるかッ！」

ビスコは腰のサックからかろうじてシメジ榴弾《りゅうだん》を取り出すと、それをアクタガワ目掛けて投げつけた。

ぼんっっ‼ と炸裂《さくれつ》するシメジがアクタガワの身体《からだ》を弾《はじ》き、間一髪で瞬火《またたび》の竜巻からその身を助け出す。鉄砂漠《てつさばく》にころころと転がってゆくアクタガワを見て、少年二人は空中で「ほっ」と息をつく。

「ほっ。じゃねえだろおおお――――っっ‼ あたしはどうすんだよ‼ 喰《く》われる！ 助けて――――っっ‼」

「ミロ、エリンギだ！ そこにワイヤーでいくぞ！」

「わかった！ 今……！」

『んマ――――――――――！』

アクタガワを奪われて、猫門が怒りの声を上げる！

ごおっっ!!　と、竜巻の威力が一層増して、瞬火《またたび》で絡《から》めとった三人を巻き取るように、ぐるぐるとその口の中へ吸い込んでいく。

「「「おおおわ――――っっ!!」」」

その驚愕《きょうがく》の吼《ほ》え声ごと――

しゅぽん。

猫門はとうとう、その口の中に、少年たちをまるごと吸い込んでしまった。

『にゃ、にゃんたる!!』

地面に落ちたコンピュータから、大僧正の悲壮な声が響く。

『そんなばかな。猫門自らが動き出すとは!?』

『ンミャオ』

『あっ』

びたんっ！　鞭《むち》のように打ち付ける猫の髭《ひげ》！　コンピュータを一瞬でコナゴナに破壊し、猫門は満足げに一声鳴くと、

『ごごごごご……』

と、轟音《ごうおん》を立てて、鉄砂漠《てつさばく》の中に潜っていってしまう。

アクタガワは咄嗟《とつさ》に中空に躍り上がって猫門に大鋏《おおばさみ》を叩《たた》きつけるも、それは猫の鼻をわずかに掠《かす》めただけで、あとにはただ、一面の砂漠が広がるだけになった。

…………。

アクタガワは……

ぶくぶくぶく、とその場で泡を吐いてしばし思案したあと、まあ蟹《かに》の脳で特に何が思いつくわけでもなかったので、主の危機を知らせるべく、急ぎ忌浜《いみはま》へ向けて猛然と駆けてゆくのであった。

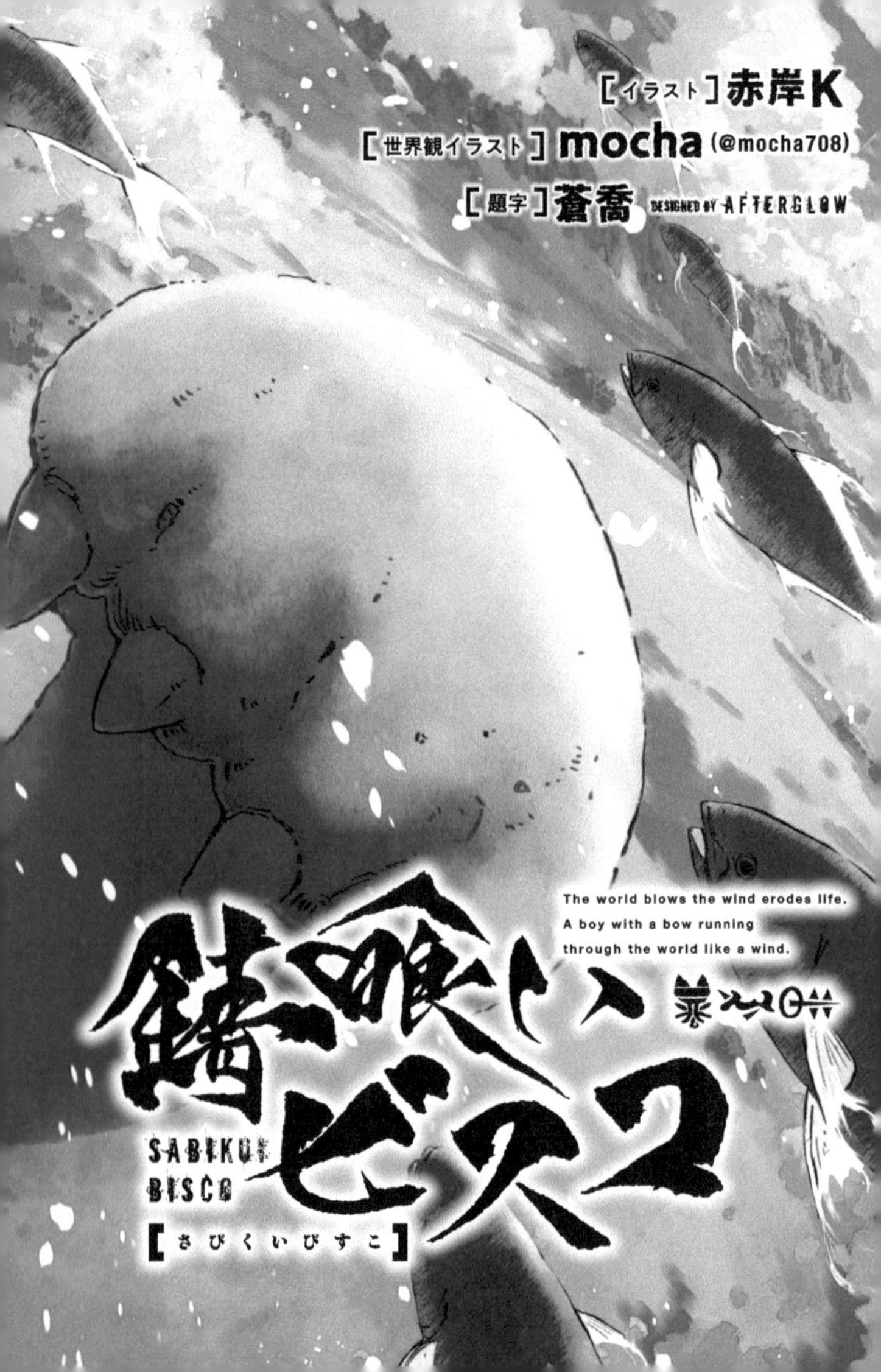
[イラスト]赤岸K
[世界観イラスト]mocha (@mocha708)
[題字]蒼喬 DESIGNED BY AFTERGLOW
The world blows the wind erodes life.
A boy with a bow running
through the world like a wind.
錆喰いビスコ
SABIKUI BISCO
【さびくいびすこ】

7
瞬火剣・猫の爪
瘤久保慎司
SHINJI COBKUBO PRESENTS

（かんかんっっ。）

3

時は猫永《びようえい》十八年。

八ツ橋《やつはし》家八代将軍・羊羹《ようかん》の治世に、突如として襲う黒い影。

邪悪の麒麟児《きりんじ》、宿敵「甘草月餅《あまくさげっぺい》」の復活‼

にんげんに伝わりし謎の超力手に入れしこの甘草《あまくさ》、かつての「鬼ノ子《きのこ》の乱」の再来とばかりに、猫摩《びようま》の国に大混乱を呼び起こす。

我らが将軍・八ツ橋羊羹《やつはしようかん》、もちろんこれに討って出る。ところが将軍がその御庭番に選びたるは、地上より出《い》でし「にんげん」の若者たちで……⁉

これより語るは秘口伝「瞬火剣《またたびけん》・猫の爪」。瞬《まばた》き無用に願いまする！

＊＊＊

先代将軍・八ツ橋落雁《やつはしらくがん》の崩御ももう十年の前のこと。以来その八男坊、八ツ橋羊羹《やつはしようかん》の治世により、猫摩国《びょうまこく》は永らく安寧を保ってきた。

出自こそ卑《いや》しけれど、猫摩《びょうま》の民のために不正をくじき、善良なものを大切にする羊羹《ようかん》のまつりごとは、民草にも大いに評判がよかった。暴れ者のきらいはあれど、その人柄、もといお猫柄に幾人もの傑物が惚《ほ》れこみ、猫摩《びょうま》幕府を盤石にしたものである。

しかし……

猫永《びょうえい》十八年、その猫摩国《びょうまこく》に危機がおとずれる。

突如として天から落ちた『黄金のいなづま』によって発生した、原因不明の死病、『さびつき』

の蔓延《まんえん》であった。


ところは猫摩《びょうま》の国、猫摩《びょうま》城。

「うう。い、痛や、痛や……」

病の床に伏せるは、老中・柴舟《しばふね》。

先代・落雁《らくがん》将軍の代より八《や》ッ橋《はし》家に仕え、羊羹《ようかん》の幼少期よりその成長を見守ってきた老チンチラである。

足腰矍鑠《かくしゃく》、老いを知らぬと言われた、この柴舟《しばふね》が……

いま、『さびつき』の毒牙《どくが》にかかり、死の床にあった。

皮膚がまるで錆《さび》のようなもので覆われ、徐々に死へといざなうという、まさしく奇病。施術で進行は遅らせられるものの、いまだ完治の目途は立たぬ。

それを見守るは、

「爺《じい》。辛抱せよ。じきに痛みは引く」

我らが八代将軍、八ッ《やつ》橋羊羹《はしようかん》。

御年三十歳とまさに雄ざかり。黒い毛並みは艶《つや》やかに輝き、その顔つきの精悍《せいかん》なこと。将軍の身分を抜きにしても、この双眸《そうぼう》に見つめられて惚《ほ》れぬ猫は、この猫摩《びようま》の国にはおらぬ……と、ひそかに評判の美貌であった。

「いつもの癇癪《かんしゃく》がなければ、己《お》れも張り合いがない。気を確《しっか》り持て」

羊羹《ようかん》、そう爺《じい》を励ますが……

「上様。どうか介錯《かいしゃく》を。この爺《じい》、上様の足枷《あしかせ》ににゃりたくはありませぬ」

「弱気を申すな」

涙で潤んだ老猫の顔を、赤い猫眼《ねこめ》が覗《のぞ》き込み、力づけるように手を握る。

「かならず療法が見つかる。それまで辛抱するのだ……爺《じい》に死なれては、猫摩《びようま》の国を再び栄えさせることとかなわぬ」

「うう……にゃさけなや……」

うなされて眠りにつく爺《じい》の腹を、布団《ふとん》越しに優しく撫《な》でてやり……

（まこと、奇病である）

羊羹《ようかん》も思案に沈む。

瞬火剣《またたびけん》の羊羹《ようかん》に、斬れぬものなし……と言いたいが、病が相手ではこれはどうにもならぬ。

そばからお付きの医者猫が、爺《じい》の包帯を替えにかかった。

「上様。あまり根を詰められては。あとは我々が」

「まだ、病の原因はつかめぬのか」

「黄金のいなづまが天を裂いたせいだと、占術師は申しておりますが……何分まじない猫の言うこと、あてにはできませぬ。ささ、お休みになられませ」

「薬草の藻が切れていたはず。余が浜まで取ってこよう」

「いけません！　上様自ら、城下にお出になるなど……！」

「かまうな。今、猫摩《びょうま》で働けるものは余ぐらいだ」

言い出したら聞かぬのがこの羊羹《ようかん》。大小を腰に差すと、風のような素早さで城を飛び出し、

「ホクサイ。ゆくぞ！」

愛馬ホクサイに跨《また》がって、城下へ駆けてゆくのであった。

猫摩城《びょうまじょう》、城下街。

いつもは鰹節《かつおぶし》や鮮魚、飴《あめ》や薬売りで賑《にぎ》わうこの猫摩《びょうま》の街も……

今は、ひっそりしたものだ。

町にぽつぽつと構えられた養生所からは、さびつきの病を患《わずら》った猫の町民たちが、口々に唸《うな》りながら病の苦しみをまぎらわせておった。その声を聞くたび、羊羹《ようかん》の御心は千々に乱れ、ホクサイの脚を早めたものである。

(不甲斐《ふがい》ない。将軍の身でありながら、民に何もしてやれぬ)

そこに、

びしゃん‼

突如、黄金の輝きとともに、雷鳴が鳴り響いた。

「きゃあっ」

家屋の中から町猫の悲鳴。

びしゃん、びしゃん！　と、更に続けて二発。

どおおおん、と、ホクサイが足を止めるほどの轟音《ごうおん》だ。海岸が「おおおお」と慄《おのの》くように震え、焦げるような匂いすら漂ってくる。

いななきを上げ、恐怖に暴れるホクサイを鎮《しず》めながら、

「どうどう！　ホクサイ。大丈夫だ」

羊羹《ようかん》は眼《め》を細め、じっと雷の落ちた浜の方角を睨《にら》んだ。

占術師いわく、天が裂けるときに現ずるという、黄金のいなづま……

（それが、三発。不吉な。更なる疫病の予兆であろうか）

胸騒ぎを覚え、羊羹《ようかん》はホクサイを急がせる。次第に家屋はまばらになってゆき、やがて暗雲の空に猫摩《びょうま》の浜が見渡せるようになってきた。

潮の匂い。大気がじんわりと冷え、雨の予兆を毛先に伝える。

雷に打たれた砂浜は焦げたような香りが強く、敏感な猫の嗅覚を刺す。そして、辿《たど》り着《つ》いた羊羹《ようかん》が崖から見下ろす猫摩《びょうま》の浜の有様《ありさま》は……

普段とは全く異なるものだった。

「これは」

丸焦げである。

海岸の岩は真っ黒に焦げ、湯気すら立てている。船着き場は火炎に包まれてぼうぼうと燃え落ち、浅瀬には感電死したイワシやクエが腹を見せて浮いている。

崖を飛び下って浜に降りた羊羹《ようかん》は、

「むう、船が」

思わず落胆の声を上げる。船着き場に停《と》めてあった自分用の小舟も、同様にいなづまにやられたらしく、中央から真っ二つに燃え割れてしまっていた。

難儀な。

そう思いはしたが、病床で苦しむ爺《じい》のことを考えれば、羊羹《ようかん》これしきでくじけてはおれぬ。

いっそ泳いでいこうと腹を決め……

沖の方を見て、ふと。

海面にぷかぷかと浮かぶ、外套《がいとう》に包まれた身体《からだ》を発見した。

「！　溺れ猫！」

二人いる。

漁師であろうか？　丸焦げではあるが、雷はつい先ごろだ。

（息があるやもしれぬ）。

羊羹《ようかん》はざばんと海へ飛び込むと、素早くそこまで泳いでいき、外套《がいとう》を口で引っ張って浜に戻る。予想外に重い身体《からだ》に苦労しながらも、羊羹《ようかん》は二人を浜に仰向けにして……

ぎょっ！　と、固まった。

（こ、こやつらは!?）

真っ赤な、燃え立つような髪。

額に備えた奇妙なからくり眼鏡。梵字《ぼんじ》のような目の下の刺青《いれずみ》……

なにより、その顔面。毛のない、つるりとした肌は。

まぎれもなく……

（人間だ！）

羊羹《ようかん》の慄《おのの》きのとおり、人間のそれであった。

(これは驚いた。いなづまとともに、人間が落ちてきた)

もう一方、空色の髪の少年もまた、人間の出《い》で立《た》ちに間違いない。

『あまり乱暴をされますと、地上よりにんげんが攫《さら》いに参りますぞ……』

羊羹《ようかん》も幼少期、そう聞かされて育ったものである。爺《じい》や側近が近くに居れば、かようなあやかし、ただちに斬られませい！　と声が飛んだであろうが……

(……猫とこやつら人間はかつての友と聞く。邪《よこしま》なものではあるまい)

羊羹《ようかん》、すばやくそう決心し、気絶した二人の丹田に「えいッ」と気を打ち込んでやる。

「げはッ!!」

「ぷあっ！」

達人の気付け術はどうやら人間の身体《からだ》にも効いたとみえ、二人はすぐさま、気道の中に溜《た》まった水を吐き出し、派手に咳《せ》き込んだ。

どうやら満身創痍《まんしんそうい》、意識も朦朧《もうろう》として、まともに頭の働かぬようだ。

「命は助けた。これ以上の世話はせぬぞ」

「な、んだ、てめえは……」

赤髪のほうが、辛《かろ》うじて首だけ起き、羊羹《ようかん》を見つめ……

やがて驚愕《きょうがく》にその眼《め》を見開く。

「ね……ねこにんげん!?　おわあっ、バケモノ！」

「不遜なやつだ」

死に体のくせに元気のよいやつ。羊羹《ようかん》、少し笑う。

「ここは猫摩国《びょうまこく》、猫の聖域ぞ。化け物はお主らのほうであろう」

「びょうまこく……？」

「人間とて礼を知るならば命は取らぬ。くれぐれも、猫里に降りて悪さをするなよ」

「ま、待て、お前……？　げほっ、がはっ！」

呟《せ》き込む赤髪の口から、小魚がぴょんと飛び出してきた。羊羹《ようかん》はそれを横目で見、ふたたび薬草を求めて海へ向かう……

それへ。

「羊羹《ようかん》さま！　ようかんさま――――っっ!!」

「む」

羊羹《ようかん》の後ろ、浜に切り立った崖の上から、呼び掛ける声が聞こえる。

猫摩国《びょうまこく》の町猫、呉服問屋の煎餅《せんべい》であった。

「何をしておる。雨が来る、家に戻るのだ」

「それどころじゃねえんでさ!!」

煎餅《せんべい》は金切声《かなきりごえ》を上げる。どうやら尋常の様子ではない。

「鬼ノ子《きのこ》が！　鬼ノ子《きのこ》が出たんです、猫摩《びょうま》の城下町に、鬼ノ子《きのこ》が！」

「なに⁉」

「お助けくだせえ上様。このままじゃ、城下が焼かれちまう！」

羊羹《ようかん》の表情がさっと変わる。

（鬼ノ子《きのこ》の再来だと。この異変、やはりあやつの仕業か！）

ぴゅーいっ、と口笛を吹けば、愛馬ホクサイが走り寄ってくる。それに飛び乗りながら、羊《よう》羹《かん》は馬蹄《ばてい》を鳴らして浜を駆けのぼり、駆け寄ってくる煎餅《せんべい》を鞍《くら》の後ろへ引き上げた。

「侍はおらぬのか。城の者はどうしておる⁉」

「猫摩《びょうま》城にも鬼ノ子《きのこ》が出たようで。お侍様はみな、そちらに……」

「ばかものどもめ。民を守らずして、何が侍か！」

黒く艶《つや》やかな毛並みは怒りに逆立ち、

「鬼ノ子《きのこ》どもめ……この瞬火剣《またたびけん》にかけて、無辜《むこ》の民をその手にかけさせぬ！」

疾風のように、猫摩《びょうま》の城下へ向けて馬を走らせていった。


「くろいねこは　いたか？」

「きょうのつぎは　ほんとうにあしたか？」

「家だ。燃やそう」

「ずっどどどん！」

「ぼえ〜〜〜〜」

阿鼻叫喚《あびきょうかん》の響き渡る、猫摩《びょうま》の城下を……

我が物顔で闊歩《かつぽ》する、異形の存在たちがある。

ずんぐりとした白い体躯《たいく》に、太く短い手足。大きく開いた頭の傘からちらちらと胞子を振りまき、身長ほどもある巨大な火斧槍《ひふそう》を、かるがると持ち上げている。

単眼のもの、三つ目のもの、そのかたちには個性あれど、一様に動きは鈍重で、えっちらおっちら歩く様は一見、ほのぼのと可愛《かわい》くすら見えるが……

これこそ、かつて猫摩《びょうま》を絶望の渦に叩《たた》き込んだ邪悪！

『鬼ノ子《きのこ》の軍勢』に相違ない。

「くろいねこは　いたか？」

「ずっどどどん！」

「家だ。燃やそう」

「はらへった」

「パオー」

どうんっ、どうんっ、どうんっっ。

マイペースな鬼ノ子《きのこ》たちの火斧《ひおの》が無節操に火を噴き、民家を次々とぶっ飛ばして、カエンタケの胞子で火をつけた。中に居た猫たちは、着の身着のまま逃げ出してきては、

「ひえ――っ！」

「キノコだ。鬼ノ子《きのこ》が出たア」

哀れそのうち一匹が、首根っこをキノコ兵に摑《つか》まれる。

「こいつか？」

「おまえは、しょうぐんねこか？」

「違います！　わたくしはただの鰹節《かつおぶし》売り。キジトラ猫でございます。お助けを！」

「違うといっているぞ」

「でも、ねこには違いないぞ」

「半分はあっているぞ」

「技ありだぞ」

「技ありイッポン」

「お助け――――っっ‼」

キジトラ猫の悲鳴が、炎の夜に響き渡った、その刹那。

しゅぱんっっ‼

黒色の旋風がきらめいて、中空に半月の銀閃《ぎんせん》を瞬《また》かせた。

〝しゃんっ！〟

白刃《はくじん》が鞘《さや》に納まり、名刀・金鍔《きんつば》の鈴が鳴る。キジトラ猫を摑《つか》んでいた鬼ノ子《きのこ》の片腕が寸断され、町猫を取り落とす。

「パオッ」

「おまえは！」

鬼ノ子《きのこ》の視線が、一斉に黒い毛並みに注がれる。

「なにものだ」

「なにねこだ」

「少ない脳味噌《のうみそ》を手繰《たぐ》ってみよ」

八代将軍、羊羹《ようかん》。

白刃《はくじん》がいちどき鞘《さや》から離れれば、暴れん坊の本領発揮である。

「かつて貴様ら鬼ノ子《きのこ》の野望を断ち斬った……瞬《またたび》火剣《けん》・羊羹《ようかん》を見忘れたか！」

「羊羹《ようかん》さまっっ！」

「逃げよ」

キジトラ猫が飛び去って行くのをかばうように、ゆらりと炎に照らされた猫将軍が進み出る。

精悍《せいかん》なその顔は今や憤怒《ふんぬ》のそれに燃え、

「家を焼き、民草まで手にかけるとは……」

刃《やいば》の切っ先のようにするどく鬼ノ子《きのこ》たちを見据えている。

「貴様らの非道、己《お》れも少々とさかにきたぞ。少々痛い目を見てもらおう」

「くろいねこだ」

「ようかんだ！」

「パオー！」

「家を焼けば、ようかんがあらわれる」

思い思いの重装備を構えた鬼ノ子《きのこ》たちは、町猫たちを追い回すのをぴたりとやめ、一斉に羊《よう》羹《かん》に向き直った。

（不気味な）

羊羹《ようかん》の覇気は、他の剣豪をしても竦《すく》ませる凄《すさ》まじいものだったが。

きのこの鬼たち、それに怯《ひる》む様子はない。

どこか感情が欠落しているかのようであった。太刀を浴びた鬼ノ子《きのこ》などは、落ちた自分の腕をまじまじと見、興味を失ってそれを焚《た》き木《ぎ》の中へ放り投げている。

腕の断面からはぼこぼこと生命の胞子が湧き立ち、さしたる時間をかけずに再生してゆくであろう様が見て取れた。

「あまくさ様は、いけどりにしろ、とおおせだぞ」

「しかし、ようかんは、つよいぞ」

「すばしこいぞ」

「いけどりは、ひとまず」

「殺してからだな」

「殺してから、いけどりだ」

「パオー！」

「パオー！」

鬼ノ子《きのこ》は、口々に叫び……

突然だ、予兆も間合いもなにもない。一体の鬼ノ子《きのこ》兵が大楯《たて》を振りかざし、その鋼鉄の塊を思い切り叩《たた》きつけてきたのだ。ばあんっ!!　と地面に打ち付けられるその大楯《たて》はしかし、羊羹《ようかん》の身体《からだ》を叩《たた》き潰すことはなく、

「瞬火剣《またたびけん》、」

その踏み台となって、羊羹《ようかん》の身体《からだ》を夜空へ躍らせた！

「パオオッ」

「『飛び魚』ッッ！」

しゅばんっっ!!

鞘《さや》から白刃《はくじん》がきらめく。前宙逆さ居合とでも言おうか、空中で横一文字にきらめいた刃は、ちょうどキノコの、うなじ？　とにかく背面に深く切りつけ、

『ぶしゃあああっ。』

辺りにキノコの胞子を振りまく。鬼ノ子《きのこ》はがくがくと震えたあと、羊羹《ようかん》に一太刀返そうとぎ

ゆるりと身体《からだ》を回転させて、

「おわわっ」

バランスをくずし、ばさん！　と燃える家屋の中に倒れ込んだ。

「あっぢいいいいっ」

「はやい！」

「ようかんは、つよい」

火に包まれ、ゴロゴロと転がる仲間を見て、鬼ノ子《きのこ》たちがわずかに慄《おのの》く。

「火をつかえ」

「いぶせ」

どうんっ、どうんっっ!!

火斧《ひおの》が噴く爆炎が次々に炸裂《さくれつ》し、羊羹《ようかん》に向けて放たれる。羊羹《ようかん》は民家の屋根を跳ね跳んでそれを避けるも、カエンタケの砲撃はまったくでたらめな威力で、木や藁《わら》をぶっ飛ばしながら羊《よう》羹《かん》を追いつめていく。

（ふむ。かつての鬼ノ子《きのこ》より手強《てごわ》い。妙な火を使う）

火の粉が、黒い毛先を、ちりちりと焦がす！

「すもーく、もくもく！」

「ようかん！　どうした　かかってこい」

「やねが　なくなるぞ」

「あまもりするぞう」

口々に羊羹《ようかん》を挑発しながら、どうんっ、どうんっ！　と火斧《ひおの》を連発する鬼ノ子《きのこ》たち。このままでは猫摩《びようま》の町は消し炭だ……と、羊羹《ようかん》が、とある屋根の上で立ち止まる。

「観念したぞ」

「いけどりだ」

「焼いてしまえ」

先頭の鬼ノ子《きのこ》が、がしゃりと火斧槍《ひふそう》を構え――

かしゃり！　と、

妙に手応えの薄い音を立てた。

「ぱおっ？」

「斧槍《ふそう》ひとつに、火薬は三発……」

瞬間、それまで逃げに徹していた羊羹《ようかん》が、名刀・金鍔《きんつば》をずらりと抜き放ち、

「からくりがわかれば、大した武器ではないな！」

しゅばりと鬼ノ子《きのこ》の群れに躍りこんだ！

「撃て。うて」

「弾がないぞ」

慌てふためく鬼ノ子《きのこ》たちの中に、黒色の旋風がひらめく！　と、カカトの腱《けん》を見事に切り払い、鬼ノ《きの》子《こ》の動きを瞬く間に封じてゆく。

大振りな斧《おの》を躱《かわ》しざま、一斬！　二斬！　三斬！

「ぱおおおっ」

「立てないぞ」

無神経・マイペースなきのこの鬼たちも、普通の猫侍とは比べものにならない羊羹《ようかん》の剣力に、さすがにたじろいだ様子である。

「いずれの足の腱《けん》も斬った」

白刃《はくじん》を尻尾で包み、器用に血を拭うと、羊羹《ようかん》は名刀をしゃりんと鞘《さや》に納める。

「おとなしくしていろ。……案ずるな、己《お》れが必ず、猫に戻してやる」

呟《つぶや》く羊羹《ようかん》。

この鬼ノ子《きのこ》たち、そのなりたちは……

心を支配された猫が、変異させられたものである。

かつて、邪悪の法術師「甘草月餅《あまくさげっぺい》」の法力により、猫摩《びょうま》の民の多くがこの鬼ノ子《きのこ》に変えられてしまった。そのとき羊羹《ようかん》はこの甘草《あまくさ》を討ち、その呪力を解き放っている。

（やはり甘草《あまくさ》の仕業とみてまず間違いない。しかし、奴《やつ》の遺骸は小判寺に封じたはず……）

身動きとれぬキノコ兵たちを見下ろし、思案する羊羹《ようかん》の耳に……

「ぱおぱおぱお。さすがだな、くろいねこ！」

「む」

猫摩《びょうま》の町の高い丘から、勝ち誇ったような、鬼ノ子《きのこ》の笑い声が飛び込んできた。

百人長であろうか？　金の装飾のある甲冑《かっちゅう》は、他のきのこ装備とは一線を画す豪華さであり、知能も若干だが勝っているようだ。

「おまえが強いのはわかった！　でも、猫摩《びょうま》城の猫はどうかなっ」

「なに⁉」

「うぉれの号令ひとつで、このカエンタケ榴弾《りゅうだん》砲が火をふくぞ。猫摩《びょうま》城は火の海だ。焼き猫百人前の完成だ！　いかにお前とて、この人数の砲撃を止めることはできまいっ」

高い丘の上には、ずらりと並んだ鬼ノ子《きのこ》兵が一様に城に機械仕掛《じか》けの砲を向けており、なんだか緊張感なくぼけっと羊羹《ようかん》を見下ろしている。

（なるほど鬼ノ子《きのこ》らしい。武士道を解《かい》さぬやり方だ）

いかに羊羹《ようかん》が俊足の四つ足を持つとはいえ、ここからでは白刃《はくじん》は届かぬ。全力で走っても一分、その間に砲は放たれてしまうだろう。

猫摩《びょうま》城の中には『さびつき』に苦しむ爺《じい》・柴舟《しばふね》が、逃げることもままならずに寝込んでいるはずである。

（さあて。どうする、八代将軍？）

鬼ノ子《きのこ》は気が短い。ひとまず今は、奴《やつ》らの機嫌を取って時間を稼がねば。

羊羹《ようかん》は〝しゃりん！〟と名刀を掲げ、百人長に見えるようひらひらと振った。

「お主らが欲しいのは余の身柄であろう。火砲を撃たぬなら、抵抗せぬと約束する。こちらへ使者を向けよ！」

「殊勝なやつだ。刀を捨てて、そこで待ていっ！」

百人長と、羊羹《ようかん》の間に交わされる会話の、すぐ横で……

「ひまだぞ」

「撃ちてえなあ」

「撃つぞ」

「だめだぞ。百人長に怒られるぞ」

「パオー」

「でも、撃たなくても怒られるぞ」

「それも、そうか」

「撃つぞ」

「撃つぞ」

「パオー！」

どかんっっ！　どかん、どかんっっ！

我慢のきかなかった鬼ノ子《きのこ》兵の砲弾が、次々と高台から放たれた。燃え盛る胞子の砲弾は猫摩《びょうま》城に次々に着弾し、炎と黒煙を上げる。

「⁉　ばかな、何を！」

「あっ、ばかもの――‼　誰が撃てといったのだ」

（おのれ。頭の足りぬ連中！）

部下が隊長の云《い》う事を聞かぬことまで、流石《さすが》の羊羹《ようかん》も予測できなかった。羊羹《ようかん》は咄嗟《とっさ》に金鍔《きんつば》を口に咥《くわ》えると、四つ足になって町の屋根を跳ね跳び、猫摩《びょうま》城へと跳ねてゆく。

「うわ――‼　助けてくれ――っ」

「上さま――っ‼」

（爺《じい》……無事でおれ！）

己の身が焦げるのも厭《いと》わず、羊羹《ようかん》が屋敷《やしき》に飛び込もうとする、その刹那。

「どけえっ、クロネコ！」

「⁉」

びゅんっっ！

瞬時に捩《よじ》った羊羹《ようかん》の身体《からだ》を、何か閃光《せんこう》のようなものが掠《かす》めた。

それは中空に直線を描いて瓦履き屋根に突き刺さり、
ばぐんっっ‼

と、城の屋根を覆い尽くすほどもある青緑色のキノコをそこから咲かせた。

ゼリーのような質感のそのキノコは、傘の裏から水滴のような胞子をざあざあと降らし、炎に包まれていた猫摩《びょうま》城を瞬《また》く間《ま》に鎮火してゆく。

「なんだぁっ」

「ようかんめ、なにをした」

「これは。キノコじゃないかあ」

慌てふためく鬼ノ子《きのこ》たちの一方、

「こ、これは……⁉」

より驚いたのは、羊羹《ようかん》のほうである。

幻術ではない。確かな質量を持った、水のような『キノコ』が、城の火を消し病猫たちを救っているのだ。あまりの光景に、咄嗟《とっさ》に次の行動を取れずにいる。

「梅雨ダケだ。水に毒はないから、安心しろ」

聞き慣れない声。いや、つい先ほど聞いた、この声は……！

「お主は！」

「弾が来る！　ぼさっとするなッ！」

背後から、しゅばんっ！　と空に飛んだ赤い影。影は、羊羹《ようかん》を狙って飛んできていた火砲の榴弾《りゅうだん》に向かい、竜巻のようにその身体《からだ》を回転させると、

「うぉおらッツ！」

ずばんっっ‼

まるで大斧《おの》の一薙《な》ぎのような蹴りで、榴弾《りゆうだん》を蹴り飛ばした！

榴弾《りゆうだん》はそのまま逆の放物線を描いて高台にはねかえされ、炸裂《さくれつ》し、鬼ノ子《きのこ》の軍勢を「わあわあ」「ひゃあ〜」と逃げ惑わせた。

（でたらめな！）

颪に燃え立つ髪。

羊羹《ようかん》の隣に降り立つ、その素戔嗚《すさのお》がごとき少年は……

やはり先ほど羊羹《ようかん》の助けた、人間のかたわれに相違ない。

「命の恩は返すぜ。城には俺が行く！　将軍様は町を頼む」

「己《お》れを知っているのか。貴様、何者だ？」

「赤星《あかぼし》ビスコ。キノコ守りだ！」

それだけ言って屋根を蹴る。

「……キノコ守り……⁉」

羊羹《ようかん》は遠くなっていく『赤星《あかぼし》ビスコ』をひととき見送って、ややあって我に返り、四つ足でその後を追っていった。

（まじで猫の国に落ちたらしいぞ）

　ビスコは城下町の屋根を跳ね跳びながら、「それにしても」と、街道を追ってくる『キノコ人』、もとい鬼ノ子《きのこ》たちを興味深げに見下ろす。

（自立して動くキノコなんて聞いたことない。こいつらは間違いなく、超信弓《ちょうしんきゅう》の矢の力で産まれたんだ……だとしたら、俺にも親としての責任がある）

「おえおえ――っ。くせものだぞ」

「おしろに　いかせるなーっ」

「どけコラ！」

　短弓がひらめく。赤ヒラタケの矢は直線となり、鬼ノ子《きのこ》の足元へ突き刺さる！

　ぼぐん、ぼぐん！

「「「オワ～～ン‼」」」

　鬼ノ子《きのこ》たちの白く鈍重な身体《からだ》が宙を舞い、はるか遠くで『ぼよん』と跳ね返る。それを遠目に見ながらビスコは城の屋根に辿《たど》り着《つ》き、

「聞け！　俺はキノコ守り、ジャビの子、赤星《あかぼし》ビスコだ！」

　高台の鬼ノ子《きのこ》たちに吼《ほ》え掛けた。

「誰かに操られてるなら、お前らを解放したい、親は誰だ？　会って話をさせろ！」

「だれこいつ？」

「こわ」

（キノコが俺を知らねえとは、なかなか複雑な気分だ）

言葉を選んで口ごもるビスコを指さし、鬼ノ子《きのこ》の百人長が大声を張った。

「かたはらいたーいっ！　お母さまの言うことは絶対。われら鬼ノ子《きのこ》の母君は、猫仙《びょうせん》・甘草《あまくさ》月餅《げっぺい》さまを置いて他になし！」

（あまくさ……げっぺい？）

つい最近も聞いた名前。ビスコが考える暇を与えず、鬼ノ子《きのこ》の朗々とした声が飛ぶ。

「お母さまの黄金の矢のちからで、われらは生まれた。猫摩《びょうま》のねこを同族とし、鬼ノ子《きのこ》の千年王国を築けとの仰《おお》せなのだーっ」

「甘草《あまくさ》さまの言うことは、ぜったいなのだ！」

「お母さま、ばんざい」

「お母さま、ばんざい」

「おか――」

ぶわっっ!!　と。

翡翠《ひすい》の眼光が月夜に輝き、突風となって吹き抜けた。鬼ノ子《きのこ》たちは胞子をあたりに散らしながら慄《おのの》き、騒然となりかけた声を静めてしまう。

「なるほど。俺の矢の力を使って、そのアマクサが。お前たちをいいように操ってるのか」

外套《がいとう》が突風に逆巻き……

しゅばりと構えた短弓が、ぎりぎりと引き絞られる。

「うってくるぞ！」

「ぜんいん、かまえ――っ！」

「お前たちは生命。操られざるものなんだ。キノコの本質を、俺が教えてやる」

月光に、ぎらりと輝く犬歯！

「でもひとまず。教える俺が誰なのか！　教えるのが先だよなァッ！」

「やばくね？」

「撃て、撃て！『焼きにんげん』にしろ！」

どがんっ、どがんっ、どがんっ!!

周囲を取り囲む鬼ノ子《きのこ》兵たちは一斉に火斧《ひおの》を放つも、中空にひらめくビスコの身体《からだ》を一向に捉えられない。ビスコは身体《からだ》を空中に気持ちよさそうに躍らせて、

「しゃア――ッ、らぁぁ――ッ!!」

矢筒から引き抜いたキノコ矢を次々と放ち、火斧《ひおの》の砲撃ごと貫いて、ぼぐん、ぼぐんっ!!

と岩肌に咲くシメジで鬼ノ子《きのこ》たちを吹き飛ばす。

「パオ――――ッ!?」

「きのこ!!」

「ひるむな！　相手は、ひとり……」

部下を振り返ろうとした、百人長の眼前に。

どすん！　と土を砕いて着地したビスコが、眼《め》をぎろりと合わせた。

「甘草月餅《あまくさげっぺい》に伝えろ」

「パオ……！」

「腹の内に、キノコを飼ってるつもりでいると——」

ビスコは鋭い指を百人長の傘に引っ掛けて、そのまま脅威の背筋でもってぐるりと回り、270度の軌道を描き、

「喰《く》い破られるぞってな！」

背後の地面へと叩《たた》きつける！

ぼぐんっっ!!

百人長の大きな身体《からだ》は、地面に仕掛けてあったエリンギの矢に直撃し、大きく打ちあがって
……

「オ　ワ　ア　ア　ア　ア　〜　ン　」

そのままはるか彼方《かなた》に弾《はじ》き飛《と》ばされた。

「百人長がやられた」

「お給料は？」

「でないぞ」

「逃げろ」

隊長の戦線離脱を切っ掛けに、そもそも忠誠心の薄い鬼ノ子《きのこ》たちは火斧《ひおの》を放り出して、散り散りに逃げ出してゆく。

「…………。」

そうして、

（お殿様への、恩は返したわけだ）

ひとまず猫の国の危機は去った。

ビスコは遠くキノコ人たちの後ろ姿を見送って、ふと、

「！」

背後に立つ、何か尋常ならざる気配に素早く振り向き、後ずさる。

そこには……

背の高い黒猫が後ろ髪をなびかせ、腰の刀に手を当てている。

「殿様……!?」

子供の頃に絵本で見た……

まさしく、瞬《またたび》火剣《けん》・羊羹《ようかん》の立ち姿。

ビスコは口を開こうとして、恐らく意図的に発せられているであろう殺気に、絶句する。

（……戦《や》る気なのか⁉）

「殺気を出してやった。これで、不意打ちではないぞ」

「どういうつもりだよ。城を救ってくれて、ありがとうが先じゃねえのか？」

「抜け」

「話を聞けよ、ネコ！　俺は感謝されこそすれ――」

「往くぞ」

ひゅばんっっ‼　と閃《ひらめ》いた名刀が、遠間から一瞬でビスコの眉間に振り下ろされる。その、天雷の如きスピード！　「おわっっ⁉」とビスコは咄嗟《とっさ》に腰の短刀を抜き払い、すんでの所でそれを眼前に食い止める。

がぎぃんっっ！

「正気かァッ、てめえッ」

「無害な人間かと思いきや」ぎりぎりぎり、と刀が火花を散らす。「鬼ノ子《きのこ》の技を用いる、甘《あま》草《くさ》の傀儡《かいらい》であったか。己《お》れの眼《め》も鈍った。ここで、斬る！」

ばぎいんっ、と刀同士が弾《はじ》き合い、二人はすばやく距離を取る。

「キノコと見りゃ邪悪なのか⁉　刀だって、ただの人斬る道具だろうが！」

「悪人ほど口が回るもの。戦士なら、武によって己《お》れに証明してみよ！」

「後悔すんなよッッ！」

がぎん、がぎん、がぎぃんッ！

名刀・金鍔《きんつば》と、トカゲ爪の短刀が幾度も打ち合う。ビスコの身体《からだ》は今や、錆喰《さびく》いの放つ太陽の輝きに満ち、月夜にオレンジ色の軌跡を残し続けている。

しかし。

その尋常ならざる膂力《りょりょく》、技量を持ってなお、ビスコの短刀は羊羹《ようかん》の剣力に届かなかった。しなやかな獣の身体《からだ》から繰り出される攻防一体の剣撃は、時に予想もつかないような角度から襲いかかり、ビスコの反射神経をして受け止めるのが精一杯だ。

（つ……強い、なんだこいつ!?）

「見事な技力、心力。かような才覚持ちながら、何故《なぜ》悪道に堕した！」

「堕してねえんだよッ、ネコ助野郎ォッ!!」

ばぎん！

コンマ一秒に呼吸を合わせたビスコの短刀が、白刃《はくじん》を跳ね返した。大きく仰《の》け反《ぞ》った羊羹《ようかん》の身体《からだ》へ向け、

「そこだアッ」

返すビスコの短刀が切りつける――

ずばんっっ!!

閃光《せんこう》。

「な」

「されど人間。猫の武器は知らず、か」

「にぃぃぃッ！」

爪の一撃であった！

羊羹《ようかん》は刀を弾《はじ》かれたその勢いを殺さず、黒い身体《からだ》をぐるりと閃《ひらめ》かせ、後ろ足でもってビスコの胸を「斬り上げた」のである。

ぷしゅうッ！ と三筋の血を噴き上げながら後方へすっ飛ぶビスコへ、刀を咥《くわ》え直した羊羹《ようかん》がすかさず追撃をかける。

（強敵。ここを逃せば敗《ま》ける！）

羊羹《ようかん》は四つ足で駆け、必殺のタイミングを逃すまいと、飛び退《すさ》るビスコへ喰《く》いかかる……

それへ。

翡翠《ひすい》の両目が、ぎらり‼ と、射抜くように輝いた。

「‼」

ずわっ、と背筋を走る悪寒《おかん》に、わずか一瞬、羊羹《ようかん》のタイミングが遅れた。ビスコは後方へ吹き飛びながら短弓を引き抜き、その矢をぎりぎりと引き絞る！

「これでぇぇ――――ッツ‼」

（殺《と》られた）

瞬火剣《またたびけん》・羊羹《ようかん》の達人の眼力は、すでにコンマ数秒後に起こることを予見している。

（爺《じい》、すまぬ！）

しゅばんっっ！

閃光《せんこう》は……

放たれた後、羊羹《ようかん》の頬をかすめて飛び、そのはるか後方、未開の山々へ着弾して、
ぼっ、ぐん‼

その山肌をまるごと消し飛ばすほどの、巨大な錆喰《さびく》いの炸裂《さくれつ》を起こした。生え上がる錆喰《さびく》いが空を照らし、まるで火山の噴火かと錯覚するほどだ。

羊羹《ようかん》はしばし呆然《ぼうぜん》とそれを眺めながら、頬の毛の削《そ》がれたところを撫《な》で、

（外しただと……？）

ビスコへと振り返る。

一方のそのビスコは、

「がっっ……は……⁉」

自分の内に湧き上がる、苦しみとも高揚ともつかぬ得体の知れぬ感覚に慄《おのの》き、ぶるぶるとその全身を震わせた。

外したのではない。

弓を引き絞るビスコの指の「爪が急に伸び」、その弦《つる》を切ってしまったのだ。

（か、身体《からだ》が……⁉）

突発性の『猫病』である。ビスコはあり得ない事象に「髭《ひげ》を震わせ」、「猫耳をぴんと伸ばして」固まっている。

（な、何だこれは。俺はいったい、どうなって……！）

「面妖な。人間が、半猫と化すとは……？」

歩み寄る羊羹《ようかん》の気配にも、対応できない。ビスコはぐいぐい鋭く伸びてくる爪をまじまじと眺め、信じられないように「猫眼《ねこめ》」を見開いた。

「これも猫招天《びょうしょうてん》の加護か。悪心なければ、お主の勝ちであったぞ」

「く……そ……ッ！」

「さらばだ」

白刃《はくじん》が月光にきらめく。羊羹《ようかん》はしばらく迷い、意を決したようにそれを振り上げて――

「羊羹《ようかん》さま――――っ‼　おやめくだせえ――――っっ‼」

「む」

駆け寄ってくる呉服屋・煎餅《せんべい》の声に、その手を止めた。

「その方をお斬りになっちゃなんねえ。どうかおやめください！」

「どうしたことだ、煎餅《せんべい》。こやつを知っておるのか？」

「この方……いや、このにんげんの方々は、猫招天《びょうしょうてん》さまのお使いでさ。今、城下じゃ、この方の相棒様が、『さびつき』の病を次々に直してくだすってる」

「『さびつき』を治しているだと」

羊羹《ようかん》も少なからず驚いたようであった。煎餅《せんべい》の様子はしっかりしており、むしろ降って湧いた幸運をどう処理していいかわからないようだ。

「とにかくこちらへ。にんげんさまも、羊羹《ようかん》さまに会いたがってます」

「甘草《あまくさ》の手の者ではないのだな」

「誓って！　この煎餅《せんべい》、お猫柄を見る目だけは確かで……あ、この場合は、お人柄というのが正しいんでございましょうな」

「お前に冗談を取り戻させたとあれば間違いあるまい。よし、案内してくれ」

「はい。こちらへ！」

羊羹《ようかん》は走ってゆく煎餅《せんべい》を追い掛ける……前にひとまず、荒い息のビスコに駆け寄り、

「許せ、誤解であった。しかし邪悪のものでないなら、なぜそう言わぬ？」

「うるせ～、斬れ……でなきゃ、ぶっころす……！」

「天晴《あっぱ》れな奴《やつ》。気に入った！」

羊羹《ようかん》は半猫になったビスコの身体《からだ》をひょいと担《かつ》ぐと、器用に四つ足で煎餅《せんべい》の後を追い、城下目掛けて駆けて行った。

4

おはじめまして。

わたくし「甘草月餅《あまくさげっぺい》」と申しますの。

そちらのみなさまには、あんまり馴染《なじ》みがないかもしれないけど……

この猫摩《びょうま》では、ちょ～ッと知られた猫ですわ。

あら。どうして、ッて……

どうしてだと思われます？

やっぱりそれは、わたくしのファビュラスな美貌のせいかしら。

白く艶《つや》やかな毛並み、エキゾチックな双眸《そうぼう》、豊満なバスト……ってちょッとも～セクハラ～～！　本当のこと言われても困りますわ～～！　困《こま》ルイ・ヴィトンなのですわ。

それもあるけどちがいますの。

正解は、
わたくしが、猫摩《びょうま》の国を壊滅寸前まで追い込んだ、稀代《きだい》の麒麟児《きりんじ》！　救世の美法術師だからですのよ。

寺子屋でもこう教えてるの。

『甘草月餅《あまくさげっぺい》は、かつて魔誕子《またんご》の教団を率いて八ッ《やつ》橋《はし》将軍家に反旗を翻《ひるがえ》し、猫摩《びょうま》を大混乱に陥《おとしい》れた邪悪の女法術師。その後、八代将軍・羊羹《ようかん》によってギタギタに倒され……』

ちょッと！

誰がギタギタにされたってのよ！　むきいいいい!!

まあまあ、よろしくてよ。

負けたのは本当でも、天運われにありですわ。こうして命があるんだもの。

羊羹《ようかん》のやつ、見てらッしゃい。今にアタシが、あの黒い生皮ひん剝《む》いて、カーペットにして、毎日この美脚で踏んづけてやりますわ！

オーッホホホホホホ!!

オホホホ——

じゅっ！

「あッぢゃあああ！」

「うわやべっ、ご、ごめんなさい、甘草《あまくさ》さま！」

「あんた何してくれやがりますの!!　毛が焦げますわ！　しッかりおやり！」

地声出たっつの。

ごめんあそばせ。

今はね、パーマを当ててますの。パーマッてご存じかしら？

人間のふしぎな技術でね、こう、毛をくるくる〜ッて巻くオシャレなのですわ。わたくしはもともと完全無欠に美しい毛並みなんだけど、たまには気分を変えて——

じゅっ！

「あッぢゃあああ！」

「うわわわっ、ご、ごめんなさい、甘草《あまくさ》さま！」

「てめえコラわざとやッてんだろ!!　咬《か》み○すぞ!!　小娘!!」

「で、でもほら、これで出来ました！　鏡を見てくださいよお。もともと綺麗《きれい》だったお毛並みが、一層艶《つや》めいてございましょ〜？」

「あら……ホントですわ。なんて綺麗《きれい》なわたくし……人間のくせになかなか器用ですこと。いいわ、あとでご褒美《ほうび》をくれてやりましてよ」

「まいどありぃ！」

ん？

いかがされましたの？

あら。わたくしより、この小娘が気になるッていいますの？

この絶世の美女を前に、無礼だこと……

こいつはね、つい昨日地上から降ってきた、つるッつるの人間ですわ。確かに珍しいですわね。人間なんて、百年に一人降ってきたら多いくらいだもの。

でも、人間のくせに猫の耳が生えてたり、爪や尻尾があったり、変な感じ。咬《か》み○してやッてもいいんだけど、こいつ妙に小器用で、いろいろ面白い道具の使い方を知ッてますの。このパーマ機もそうですわね。

おもしろいから生かしといてますわ。

名前？

このちんちくりんの、名前が知りたいわけ？

あなたも変な方ですわね〜〜。よくってよ、聞いてあげるわ。

「そういえば。あなた、名前はなんていうのかしら？」

「またまた〜。興味ないくせにい」

「あっそ。ご褒美《ほうび》いらないのね」

「チロルです。大茶釜《おおちゃがま》チロル」

ちろる、ですって。しょーもな。ごぞんじ？　こいつら人間って、顔にも身体《からだ》にも毛がないのよ。つるつるで気味わるいッたらないですわ。ハゲよハゲ！

まあでも、ここで威力的に出るのは素人《しろうと》。わたくしのような高貴なレイディは、飴《あめ》と鞭《むち》の加減をわかっているものですの。

ご覧あそばせ。わたくしの猫言《にゃんごん》を一振りすれば、このとおり……

「nyan《にゃん》 / nyad《にやだ》 / myare《みやあれ》 / smyau《すみやう》」

じゃらじゃらじゃらっ！　と虚空《こくう》から、大判小判の山が湧き出ますの。まやかしやごまかしでない、まぎれもない本物よ。

「うひょおおあああ‼　き、金だ！　ほんものだああ‼」

あらまあ。はしたない……

人間って、猫以上に金をありがたがるとは聞いていたけど、この小娘の様子を見るに本当らしいわ。金の海で転げまわって、まったく品性のないこと。

……さて。

綺麗《きれい》なパーマも巻いたことだし、わたくしお仕事に戻らないといけませんわ。

もうちょっとお話したいけど、これから先は業務秘密。

またあとでお会いしましょ。

ちゅっ！

＊＊＊

「小娘。わたくしは仕事しに降りるわ。マッサージの準備をしておきなさい」

「ふおおおお〜〜‼　小判だ〜〜っ！」

「やれやれだわ。それっぽっちの金の、何がそんなに嬉《うれ》しいやら」

甘草《あまくさ》は呆《あき》れたようなジェスチャーをして、豪華なガウンから取り出した手鏡を覗《のぞ》き込み、

「言うまでもないけど、妙な真似《まね》したら○すわよ」

パチリと指先を鳴らせば、そこには金色の口紅が一瞬で顕現し、その手に握られる。甘草《あまくさ》は鼻歌まじりにそれを唇へ塗りながら、松明《たいまつ》の照る洞窟の階段をコツコツと降りて行った。

「ふおおおお～～～！」

「ふふぉお～～！」

「お～～……」

「…………、」

（行ったか……？）

チロルは。

甘草《あまくさ》の気配が周囲から消えたのを感じ取ると、むくりと起き上がり、慣れない猫耳をぴくぴくと動かした。金色の猫眼《ねこめ》で油断なく、豪華絢爛《ごうかけんらん》な甘草《あまくさ》の自室を見回す。

（……法術で監視されてるかと思ったけど、それもないみたい。あの成金《なりきん》ネコめ、あたしのこと完全に見くびってるな！）

チロルはすばやく行動を開始……しようとして、とりあえず持てるだけの小判をじゃらじゃらと懐《ふところ》に詰め込み、それから巻物の山積みになった甘草《あまくさ》の机へ向かった。

そこには、どうやら甘草《あまくさ》が編み出したであろう法術の数々が一本の巻物となって書きしたた

められており、苛烈な性格の裏側にある几帳面《きちょうめん》さを感じさせた。

（接してりゃわかる、猫病の黒幕はあいつだ！　きっと何か、ここにヒントが……）

長く伸びた爪に注意しながら、きらびやかに装飾された巻物を漁《あさ》る。

『魔鈴《まれい》の術』

（……これじゃない）

『黄金爪の術』『鬼ノ子《きのこ》操術』

（ちがう、これでもない）

『大判小判の術』

（これだっっ!!　……あ、いや、ちがうちがう……）

ばさばさと巻物を漁《あさ》っていくチロルは、ふとその奥のほうに一つだけ、やけに地味でひなびた巻物が隠してあるのを発見した。

（…………。）

チロルの商人の勘が冴《さ》えわたる。ともすれば放っておかれそうなそれをすかさず手に取り、ばらばらと広げる。

『超力・超信矢《ちょうしんし》の研究』

（これだっ！）

筆文字は続いている。

我　甘草月餅《あまくさげつぺい》
瞬火《またたび》剣《けん》・羊羹《ようかん》に討たれてより十年
遺骸をこの小判寺地下に封じられ　怨恨《えんこん》のみでその意識を留めおいたが
天より一筋の　黄金の矢ぞ我が身に突き立ち
奇跡をもって我が肉体を再生せしめん

この　黄金の矢
我が声に応え　無限の奇跡を産むものなれば
これを用い
宿敵・八ツ《やつ》橋羊羹《はしようかん》をはじめ
すべての生命を　ひとつに溶かし救済せんとす

この矢　自ら我に語り掛けるに
名を　超信矢《ちょうしんし》　という

「超信矢《ちょうしんし》……」

チロルにもわかる。

つまりこの書の言うところは、ビスコの放った超信弓《ちょうしんきゅう》の矢が甘草《あまくさ》の遺骸を貫き、その野望ごとこの世に顕現させてしまったということだ。

（そしてその力の源が、その「矢」だってこと！）

チロルは巻物をしまってすぐさま部屋を探すが、すぐに思いとどまった。そんな貴重なものを、甘草《あまくさ》がその身から手放すはずがない。

（なんとかして、矢を化粧ネコから奪わなきゃ。……ああもう、なんであたしが！）

「うわ――っ、やめろ――っ!!」

「羊羹《ようかん》さま、おたすけを――っ!!」

（！）

思案するチロルの耳に、洞窟となって掘られた地下から、人の……もとい猫の悲鳴が聞こえてくる。甘草月餅《あまくさげっぺい》の手にかかり、何か拷問でも受けているのであろうか？

（……法術の気配を感じる）

チロルは床の小判を一枚拾い上げ、改めて指でなぞり、確信する。

（金象信《こんぞうしん》の真言《しんごん》みたいに、錆《さび》でできた紛《まが》いモノじゃない、本物だ。どー考えても、その超信《ちょうしん》矢《し》の力を使ってる。隙があるとすれば、仕事中の今しかない！）

チロルはその小さな身体《からだ》におどろくべき度胸をもって、しなやかな半猫の身体《からだ》を操り……気配を消して、洞窟の階段を一歩ずつ下っていった。


ちりりん、ちりりん。

大きな檻《おり》の中に、鈴の音が響く。

「うわああ────っっ!!」

「やめてくれ。鈴の音を、止めてくれえ！」

ちりりん、りりん。

「ぱ、パオ……おぼぼ……」

「よ、与兵衛《よへえ》！　どうしちまっただ。しっかりしろ！」

「ううっ。おぼ、ぼ、ぼ……」

ぼぐんっ！

「パオーっ。ずっどどどん！」

「そ、そんな！　おめえ、鬼ノ子《きのこ》に！　うわああ、おいらの身体《からだ》も……」

ぼぐんっ！

「きのこ。ずっどどん！」

「せまいぞ」

「ぎゅうぎゅう」

「牛がぎゅうぎゅう」

「は？」

「やば」

「ずっどどん！」


「オーッホホホホホ……」

攫《さら》ってきた猫たちが、白くすべらかな鬼ノ子《きのこ》に変貌していくのを見て取って、甘草《あまくさ》は檻《おり》の前で優雅に笑った。その掲げられた片手には、黄金に輝く『魔鈴《まれい》』がキラキラと浮き、ちりりん、ちりりん、と無邪気な音を立てている。

どうやらそれが、聴く猫を鬼ノ子《きのこ》へと変える、魔性の音であるらしかった。

「昔はハード・ワークだった鬼ノ子《きのこ》の術も、ずいぶん省エネになりましたわ……あら？」

「う、うぐぐ、ぎぎ……」

「あらまあ。随分粘る猫がいるわ」

もう殆《ほとん》どの猫が鬼ノ子《きのこ》になってしまった檻《おり》の真ん前で、鉄柵にすがりつくように耐えている一匹の猫がある。

身なりを見るに、侍であるらしかった。

「そこそこのグッド・ルッキング・ガイね。鬼ノ子《きのこ》になる前に、ちょっと遊んであげましょうか？」

「ばかな。拙者の心は、将軍家にあり。魔誕子《またんご》の教義になど、心酔しておらぬのに……」

「考えが古いですの。昔は確かに、心を洗脳する必要があったけれど」

甘草《あまくさ》が鈴と逆の手を、ひらりと閃《ひらめ》かせれば……

そこには金色に輝く、『超信矢《ちょうしんし》』がびかりと顕現した。

「今やこの矢の力があれば、洗脳はいらない。問答無用で鬼ノ子《きのこ》にしちゃえるんですもの。さ、あなたも、プレシャスな救済を受《う》け容《い》れなさい」

「む……無念……どうか羊羹《ようかん》さま、この悪鬼をお討ちくだされ……！」

「その名前出すんじゃァねえよ胸糞《むなくそ》わりいな。とっとと逝けコラッ！」

「ぐ、ぐおおお……！」

りりりん、りりりん、りりん！

ぼぐんっっ!!

「パオ――ッ！」

「はいおわり。あら、強そうな鬼ノ子《きのこ》になったじゃない。百人長にしてあげますわ」

「いえーす、まむ！」

「いいこいいこ。オホホホホ……やだ、今日は豊作だったから、すっごい汗かいちゃった」

ぱたぱたと身体《からだ》をあおぐ甘草《あまくさ》はそのまま薄暗い地下牢《ろう》を進み、

「ファビュラス・アクション！　お風呂《ふろ》あれ～っ！」

突き当りの壁に超信矢《ちょうしんし》を掲げる。如何《いか》なる奇跡か、それまで牢獄《ろうごく》の突き当りだった場所に瞬時に黄金の浴室が顕現し、沸いた湯から湯気すらたたえている。

とんでもない奇跡の無駄遣いをさも当然のように、

「あんたたち！　覗《のぞ》いたら○すわよ！」

「のぞかないぞ」

「じいしきかじょー」

「むきーッ！　おだまり！」

檻《おり》の中の鬼ノ子《きのこ》たちとそんな会話を交わして、甘草《あまくさ》は浴室のドアを閉めた。

地下牢《ろう》通路で様子を窺《うかが》っていたチロルは、鬼ノ子《きのこ》たちの目に留まらぬよう素早く通路を飛び駆け、静かに浴室の扉を開けた。

（…………いまだ！）

脱衣所には、甘草《あまくさ》の脱いだ豪華なガウンと……

黄金に輝く『超信矢《ちょうしんし》』が置かれている。

浴室からは甘草《あまくさ》の絶妙に音痴な鼻歌が聞こえ、今日の仕事の首尾に満足しきっているようだ。

（ここしかねえ！）

チロルは持てる集中力の全てを発揮して、そろり、そろりと超《ちょうしんし》信矢に近づき、とうとうそれへと手を伸ばす——

その、指先の触れた瞬間。

しゅばんっっ！

「ッ⁉」

矢から突然、黄金の茨のようなものが飛び出し、チロルの腕をがんじがらめにした！

「釣ーれた」

しゅごうっ、と風を切って飛んだ超《ちょうしんし》信矢は、轟音《ごうおん》を立てて脱衣所の扉を突き破り、浴槽で足を組む甘草《あまくさ》の前にチロルの身体《からだ》を運んできた。

扉に強く顔を打ち付けたチロルの顔からは、鼻血が滴《したた》っている……。

「ご、ごめんなさい、甘草《あまくさ》さま。金ぴかで、つい、手癖で……」

「黄金の置物も、黄金の石鹸《せっけん》入れも、黄金のタオルもありましたわ」

「あの……」

「なぜ、矢なのかしら？　何の迷いもなく」

「——」

「初めから、矢が狙いだったな。このアタシをそうそう騙《だま》しおおせると思ったか？　コラ」

がっ！　と甘草《あまくさ》の腕がチロルの首に伸び、メスとは思えぬ怪力で締め上げる。そのまま甘草《あまくさ》はざばりと湯から立ち上がり、獰猛《どうもう》な肉食獣の裸体を晒《さら》した。

チロルは歯を食いしばって、それでも金色の猫眼《ねこめ》を見開き、甘草《あまくさ》のそれと合わせる。

「お前の他に、人間がもう二匹落ちて来たのは知ってる。アタシから矢を取り戻しに来たんだろ？　そいつらのこと、洗いざらい聞かせてもらう」

「だれ、が……そう簡単に……」

「簡単に言うのさお前は」

甘草《あまくさ》の片手がひらりと閃《ひらめ》けば、

りりりん、りりりん。

りりりん、りりりん……

顕現した魔鈴《まれい》の響きが、チロルの脳髄に響き渡る。

「あっ、が、がが……!!」

「アタシは、甘草月餅《あまくさげっぺい》」

(た……助けて、ミロ。赤星《あかぼし》！)

「猫摩《びょうま》に落ちた、救済の麒麟《きりん》児《じ》！」

鈴の音に、ぞくりとするほど美しい、白猫の牙がきらめく！

「猫摩《びょうま》の国に自由を。猫を。そして人間を！　等しくぱらいそに導くものなり！」

5

傘に陽光をマーブル状に光らせる、数本の錆喰《さびく》い。

それを手ごろに千切って、数種の木の実とともに薬研《やげん》に放り込み……

ごり、ごり、ごり。

粉砕する。繊維質の錆喰《さびく》いは薬研《やげん》の輪に潰されて細く細かくなってゆき、やがてきらきらと輝く太陽色の粉になる。

猫が飲みやすいように、少々の魚粉を混ぜて、香りを整えたそれを……

「さあ、出来ました！　ご家老、こちらをお飲みになってください」

ミロが紙に包み、老中・柴舟《しばふね》へと差し出す。

古《いにしえ》の薬《くすし》師道具も難なく扱う、あざやかな手際《てぎわ》。きらりと輝く美貌の微笑《ほほえ》みと視線を合わせるも、しかし老チンチラはこれから「ぷい」と顔を逸《そ》らし、

「ふん、ばかにゃ」

病床の布団《ふとん》をぐいと被《かぶ》って、

「わしは誉れある猫摩《びょうま》の侍ぞ。下賤《げせん》のあやかしが作った薬など、飲むものか」

にべもなくそう言い捨てたものだ。

「聞き分けのない事を言うな、爺《じい》。この猫柳《ねこやなぎ》ミロは、城下の猫の『さび』を見事に拭い取った神医。余がこの眼《め》で見たのだ、間違いはない」

「喝っ。上様もご油断が過ぎます」

老体の病猫とは思えぬ声の張り方だ。呆《あき》れたように、羊羹《ようかん》とミロは顔を見合わせる。

「かような得体の知れぬにんげんを、城中に上げるなど！　先代・落雁《らくがん》さまがいかに嘆かれますことか。この爺《じい》、あの世でどう申し開きを……げほっ、げほっ！」

「頑固を拗《こじ》らせだしたな。よし、こうなれば」

羊羹《ようかん》、ひとつ息を吐いて決心すると、その大きな両手で老チンチラの口をつかみ……

「よっと。さあ、観念せよ」

がばり、と無理矢理に大きく開く。

「おががが！　ふえはま、ほむはいにゃ！」

「なんだと？　聞こえんな」

「上様、ご無体な、と仰《おつしや》ったのでは」

「わかっておるわ、訳すな。さあ猫柳《ねこやなぎ》、やってくれ」

ミロは頷《うなず》いて、無理やり開いた口に器用に錆喰《さびく》いの薬を流し込んでいく。もう少し老中がゴネたらミロも強引に治療していただろうから、お殿様のお墨付きがあるのはありがたかった。

「ごほ、ごほっ！　にゃ、にゃんたることを。このわしに！」

「すぐに効くはずです。大丈夫！　午後には起きられます」

「にゃーにが！　すぐに効くだっ、これを見ろ！」

チンチラはがばっ！　と寝床から起き出すと、白い着物の肩をはだけ、錆《さ》びに覆われた肩口の皮膚をミロに見せつけた。

「毛も剥げ落ち、さびに喰《く》われた無残な身体《からだ》。かつては猫摩《びょうま》にその人ありと知られたこの柴《しば》舟《ふね》の、ええい笑え、これが最期《さいご》ぞ……あや、あややや？」

見せつけている、錆《さび》の皮膚が……

太陽の胞子の働きで、またたくまに癒《いや》されていく。錆《さび》をぬぐわれた皮膚からはもとの栗色《くりいろ》の毛が生えだし、それまでの病が嘘《うそ》のように回復していくのだ。

「にゃ、にゃんたる……⁉」

「やっぱり、猫のほうが再生力が強い。この分なら今日中には完治です」

「うむ。恩に着るぞ、猫柳《ねこやなぎ》」

羊羹《ようかん》はわたわたと自分の身体《からだ》を探る爺《じい》を見つめて、満足気に頷《うなず》くと、

「まこと救国の英雄なり。存分な褒美《ほうび》を取らせよう……が、その前に余と酒に付き合え」

「医者ですから。できることをしただけで……」

ミロ、言い慣れた文句の後に、

「って、ええっ⁉」

思わず驚き聞き返す。

「お、お酒をご一緒に⁉　まずいですよ！　お殿様が、得体の知れない人間と——」

「得体は善と知れたではないか。ここでその方らをもてなさねば、猫摩《びょうま》の器も知れるというもの。さあ、こちらへ来い……おっと、爺《じい》はそのままにしておけよ」

口うるさい家老が呆気《あっけ》に取《と》られている隙に、羊羹《ようかん》は病室を抜け出し、宴会場へ向けてずかずかと歩き出す。すれ違う侍たちが低く頭を下げつつ、後ろをついてゆく自分をじろじろ眺めまわすのを感じ、ミロもどうにも肩身が狭い。

「あ、あのう……羊羹《ようかん》さま。やっぱり……」

「堂々としておれ。そなたは猫摩《びょうま》を救った英雄ぞ。猫も人間もあるものか」

「…………。」

「赤星《あかぼし》も、宴席で待たせておるゆえな」

羊羹《ようかん》はミロを振り返り、牙をきらりと光らせて、笑った。

「食い盛りのあの歳《とし》を、あまり待たすのは気の毒であろう。さあ、ここだ——」

空になった大皿が——

三つ、四つ、五つ。

その上に、六つ目が重なる。

「お、お待たせいたしました。こちら、金鱈《きんだら》の塩釜焼きでございます」

「こちら招き海老《えび》のお刺身です、まずは頭を取って、香りを楽しんでいただき——」

「おう！　来たな！」

女中が大慌てで運んできた七皿目、八皿目をかっさらい、美しい盛り付けを一瞬で食い崩して、説明も全く聞かずにどんどん口へ運んでいく。

（うっっ、美味《うま》い。なんつー鮮度だ!!）

猫のお国柄ということもあってか、運ばれてくるのはほとんどが魚料理だ。そしてこの魚というのが極めて活《い》きがよく、焼き物、煮物、御造りとどれを取っても極上もの、舌の上を跳ねまわってビスコの味覚を驚かせ続ける。

（そうか。地上と違って錆《さび》の汚染がないから、魚はあんまり進化してないんだ。だから脂に臭みがないんだな……おおっ、この骨際のとろけるような……）

生えたての尻尾をばたつかせ、猫髭《ひげ》をぴくぴくと揺らすビスコに、

「あの、お骨をあまりしゃぶられますと、お怪我《けが》を……」

「おかわり!!」

がちゃん！　と重ねられた八皿目に「ひゃいっっ！」と返す女中。ビスコはあまりの美味さに猫眼《ねこめ》を血走らせており、それがまるで怒っているみたいに見えるのだろう、猫の女中たちはまるで百人の客を相手にしているかのようにくるくると大忙しだ。

（……うーむ。飯はうまいし、どこを見ても、）

知らないものばかりだ。

屏風《びょうぶ》には龍や虎を組み伏せる猫の英雄の姿が描かれ、軒先には爪を磨く鑢《やすり》が置いてあったり、肘置きならぬ尻尾置きが座布団《ざぶとん》の後ろに設《しつら》えてある。

人国《じんこく》、もとい日本各地を駆け巡ったビスコとはいえ、流石《さすが》に猫のために設《しつら》えた侍の時代など体験したことはない。この屋敷《やしき》を飛び出して四つ足で駆け巡れば、溢《あふ》れるような未知の冒険が身体《からだ》いっぱいに溢《あふ》れかえることだろう。

（……。しばらく、上に戻らんでも……）

半ば本気でそんなことを考えていた矢先、

すーっ、と襖《ふすま》が開いて、

「……あ――――っっ‼」

「んお？」

べちんっっ‼

襖《ふすま》の向こうからカッ飛んできた相棒の平手に、猫耳の間をひっぱたかれて、ビスコの顔面は眼前の皿の中に叩《たた》き落とされる。

「んぶぁっ⁉　痛っってぇえ――っ！　おま、何すんだっっ」

「何してんだはこっちの台詞《せりふ》っっ‼　お殿様が一緒にご飯食べようって言ってるときに、こ、こんな、こんなっ」

積み上げられた皿を指さして、ぶるぶると震える、自称常識人!

「一人でこんな食べ方するの、どー考えてもおかしいでしょっっ‼」

「なんでだ。しょーがねえだろ、腹減ってんのに!」

「キノコ守りだって、長老が席に着くまで待つでしょ⁉」

「バカそりゃ話が違う。身内の酒宴ならそうだが、いま俺達は客でだな……」

「お客にはお客の振る舞いってのがあるでしょうが――――っっ‼」

「ぐえええっ! 絞めるな、首を! やめろおっ」

わちゃわちゃとそれこそ猫の喧嘩《けんか》のようにもみくちゃになる二人を、その後ろからやや呆然《ぼうぜん》と見つめて……

「…………。」

「……ああっ! 羊羹《ようかん》さま、お赦《ゆる》しを! いま、言ってきかせま……」

「……わあ――っはっはっはっは‼」

大口を開けて笑いだしたのは、猫の大殿、瞬《またたび》火剣《けん》・羊羹《ようかん》である。わははは、と響く明朗な笑い声はしばし止まることなく、少年二人の喧嘩《けんか》をぴたりと止めて、お互いに顔を見合わせさせた。

「ははは。いや、すまん、すまん。よいのだ猫柳《ねこやなぎ》」

「いいってよ」

「あのねえ……！」

「なんとまあ、赤星《あかぼし》の喰《く》いっぷりの見事なことよ。皿に残るのは骨や殻だけ、食えるところが一部も残っておらぬ」

羊羹《ようかん》は感心したように空の皿たちを眺め、駆けてきた女中を安心させると、「われらの膳も頼む」と言い含める。

「猫侍たちは過度に見栄《みえ》を大事にする。宴席の皿も美味《うま》いところだけを食い、残すのが通例でな。かように魚に敬意ある食い方、余も久しく見ぬところであった」

「羊羹《ようかん》さまだめです、あんまり甘やかさないで！」

「まるで夫婦《めおと》の物言いよ。どうだ赤星《あかぼし》、まだ食えるか？」

「あたりまえだ。喰《く》い盛りだぞ！」

「そうこなくてはな。さあ、仕切り直しだ。大皿をどんどん持ってまいれ！」

お殿様のお墨付きを得て女中たちも安心したのか、一層にくるくるとよく回り、滅多にない大盤振る舞いとなった。

先ほどまで体裁を守っていたミロも、

「う、うわっ!!　このお魚、すごいよビスコ！　舌でとけるみたい！」

「うん。これも美味《うま》いぞ、食ってみろ。唐揚げ」

「なんの唐揚げ？」

「知らん。トノサマこれ何？」

「鈴河豚《すずふぐ》の白子天麩羅《てんぷら》だな。余の好物だが、皆は脂っこいと言って……」

「うま――――っっ!!」

「わっははははは!!　愉快な奴《やつ》らよ!!」

『暴れん坊』の異名をとるとはいえ……

将軍家のルールに押し込められ、厳格に育てられてきた八《や》ッ橋羊羹《はしようかん》の、これがあるいは初めて心を許した宴席であったやもしれぬ。羊羹《ようかん》は酒を飲みながら、出す料理すべてに盛り上がる二人の少年の姿を、どこか眩《まぶ》しそうに眺め続けていたのであった。

＊＊＊

翌朝。

猫摩《びようま》城に鬼ノ子《きのこ》の出現したことから、身内に間者の存在を気取った八《や》ッ橋羊羹《はしようかん》。信用できる者のみを集め、離れの小城にいったん移ることとした。

老中・柴舟《しばふね》たちを先行させ、自らは……

すっかり気に入った二人の人間を連れ、三人の道中である。

「その『ちろる』なる人間の娘については、密偵を各所に走らせ、行方を探させている」

朝日が白い茅場《かやば》を照らす。

一面に広がった茅《かや》の穂が、朝露をきらきらと光らせて薙《な》ぐ様は、荒廃世界に慣れ切った人間たちにはさぞ幻想的に映ったことだろう。

「心配は承知だが、猫の国のことはわれら猫に任せ、しばし辛抱……む？」

馬上の羊羹《ようかん》、黒い毛並みを風に撫《な》でられ振り向くも、
その人間たちがおらぬ。

遠くに視線を移せば、なんとか走る馬の鞍上《あんじょう》に縋《すが》りついて、やっとの思いで駆けてくるビスコとミロの姿が眼《め》に入った。

「なんとまあ、」

羊羹《ようかん》、呆《あき》れて、

「あれだけの武勇を誇るますらおが。情けないことだ、馬一頭まともに操れぬのか？」

「うるせ――！　勝手に乗せといて。経験ねえよ、馬なんか！」

「そもそも人国《じんこく》では、野生馬は絶滅危惧種ですから。乗馬のノウハウは廃れて久しいんです、羊羹《ようかん》さま」

「それは難儀な。では、お主ら普段は何に乗っておる？」

「蟹《かに》だよ」

「……すまん、いま何と言った⁇」

「蟹《かに》のアクタガワに乗ってる！　馬なんかより、ずっと速くて強いぞ」

「カニに、乗っ……」

少年から淀《よど》みなく返ってきた返事に、羊羹《ようかん》は困惑から髭《ひげ》をぴくぴくと揺らし、

「これは驚いた。お前も冗談を言うのだな」

「じょ、冗談⁉」

「しかしその真顔は悪手だぞ。真剣と取られかねんからな……さあもうすぐだ、ついて参れ」

「おまえな――‼　俺をなんだと……おい待て、ヨーカン‼」

怒り散らす相棒を隣に、一方のミロは結構うまく馬に慣れ、そこそこの乗馬技術を獲得しつつあった。手綱を器用に取りながら、周囲を見渡す。

（……綺麗《きれい》な自然だ。本当に、御伽噺《おとぎばなし》の中みたいな……）

猫摩《びょうま》の国には、血肉を求めて襲い掛かる獰猛《どうもう》な進化生物も、風に撫《な》でられて風化した不毛の景色も存在しない。

歌いながら田植えに精を出す百姓猫たち。野には花が咲き、遠くの集落から子供の笑い声の響くその有様《ありさま》は、緊張と汗に彩《いろど》られた世紀末の大地とは全く異なるものだった。

「猫摩《びょうま》国《こく》の猫は、みんな幸せそうだ……」

「安心してるんだな。ヨーカンを信じてる証拠だ」

「本当だね。羊羹《ようかん》さまも、ちゃんと民のために心を砕いてるんだ。気まぐれなのは見せかけだけなんだね」

「ばかゆうな。気まぐれの塊だろ、あのネコ」

「ええっ⁉」

「あいつが好きでやってることに、みんなの方が惚《ほ》れてついていくんだ」

馬と格闘しながら、ついでのようにビスコがミロに答える。

「ヨーカンはそういう将軍だ。『がんばらなきゃ』『なんとかしなきゃ』じゃだめなんだよ。己に国を惚《ほ》れさせる……ヨーカンにはどうやら、その才能がある」

「……ほほー。なあるほど？」

「どのみち俺らには関係のねえ話だがぁ」

「どうして？　その理屈で言ったら、ビスコも立派な族長になれるよ！」

「族長！　はッ。六道獄《りくどう》にブチ込まれた方がマシだぜ……おいッ、馬！　言う事きけコラ‼」

哲学の正誤はともかく、相棒ならではの観察眼に、ミロはそこそこ感心してひとり頷《うなず》く。で、ビスコが馬と格闘するのをぼちぼち待ち疲れたので、

「素敵な国ですね！　羊羹《ようかん》さま」

「む」

馬に四苦八苦するビスコに先んじて、羊羹《ようかん》の隣に馬を並べた。

「よくお城を抜け出されるのは、こうして、民の生活に触れるためですか？」

「買いかぶるな。城が窮屈で嫌いなだけよ」

「侍は地に足つけて歩かぬから、民の苦難がわからぬ。この穏やかな平和は、ひとえに羊羹《ようかん》将軍の真っすぐな正義感によるもの……って、人国《じんこく》にも伝わってます」

「正義感か。おおよそ、己《お》れからは遠い言葉だな」

羊羹《ようかん》、少し眼《め》を細めて、風に黒い毛並みを揺らす。

「大の幸せのために、小を犠牲に切り捨てるのが将軍だ。正義無き所業よ。己《お》れに対する怨嗟《えんさ》の声も、猫摩《びょうま》に耳を傾ければいくらもあろう」

「でも。大邪仙・甘草月餅《あまくさげっぺい》の野望を阻止したのは、まぎれもない偉業です！」

甘草月餅《あまくさげっぺい》……。

その名を耳にして、ほんの僅かに、羊羹《ようかん》の表情に影が差した。

「正義の侍・羊羹《ようかん》の瞬《またたび》火剣《けん》が、邪悪の白猫・甘草《あまくさ》の野望を断ち切る！　そのシーンは僕ら人間にも大人気で、絵本にもなるくらい……」

「……己《お》れが正義で、月餅《げっぺい》が悪と――」

「羊羹《ようかん》さま？」

「そう、伝わっておるのだな」

どこか憂いを含んだ羊羹《ようかん》の双眸《そうぼう》を見て、ミロは続けようとする問いかけを噤《つぐ》んだ。凜々《りり》しい黒猫の視線の先は、どこか遠く、あるいは過去を見つめているようにも見える。

「非情の猫と刻まれるべきは己《お》れだ。甘草月餅《あまくさげっぺい》を。ひとりの才ある猫を手にかけ……国のため、この平和のための、生贄《いけにえ》としてしまったのだから」

「…………。」

「時折、夢に見る」

続く声は小さく、しずかに風に溶けていく。

「……もし。あの時、もし……国を捨て、あやつの手を取っていたなら――」

「…………。」

「何か聞いたか、猫柳《ねこやなぎ》？」

「なにも」

「うむ」

「待アてぇぇコラアア――ッツ！！！」

馬を歩かせる二人の後ろから、鬼のような咆哮《ほうこう》とともに、いななく馬を操ってビスコが猛然と追い掛けてきた。

「び、ビスコ！」

「なんだあれは」

おおよそ、馬術などと呼べるものではない。

馬のどたまにかじりついてその首にしがみつき、全身の膂力《りょりょく》のみで強引に前方に走らせるという、とんでもない走法だ。

ただまあ、速いには速い。

「見たかよ‼　馬ぐらい、俺だって乗れるぞ‼」

「……わぁッははは！　返す返すも出鱈目《でたらめ》な奴《やつ》」

「馬に乗ってるってゆうか、馬がビスコから逃げてるだけじゃないの⁉」

「明日を追い掛けていると言えッ」ビスコは息巻いて、羊羹《ようかん》に向けてライバルの視線を剝《む》き出《だ》しにする。「おいヨーカンッ！　あの小城まで先に着いた方が勝ちだ。音に聞こえた黒猫将軍様が、まさか勝負を蹴らねえだろうなあッ！」

「ちょっとっっ‼　そんな急に、無礼すぎ――」

「ふふ、ようし面白い。ゆくぞ、ホクサイ！」

「ちょお――っ！　将軍っっ！」

挑発するビスコもビスコだが、それに乗る羊羹《ようかん》の即断たるや……本来の性分は剣客の羊羹《ようかん》、すこしの切っ掛けですぐに暴れん坊が顔を出す。

「乗ってきたな。お偉い方にしちゃ、なかなかの肝っ玉だぜ！」

「はて？　負けようのない勝負に、肝の太い細いもないと思うがな」

「吠《ほ》えヅラかけコラァッ‼」

土煙を上げて、小城へと猛然と駆けてゆく二人。「げほっ、げほ！」と煙にむせぶミロは、半ば呆《あき》れながらその後ろ姿を見送って、

（……羊羹《ようかん》さまは、）

（ビスコの言う通り柔軟だ。心のコントロールがすごく上手なんだろう。自分が安心しているから、民衆も安心してついてくるんだ）

（………。）

（パウーは……）

（施政も愛情も。鉄棍《てっこん》みたいにまっすぐだからなあ……。）

ふたりの為政者を比べ、ちらりと、そんなことを思った。

そして、どんどん遠くなる二人の姿に慌てて手綱を握り直し、急ぎその後を追って街道を駆けて行った。

ちなみにこの後、馬術勝負の勝敗については、ミロがどちらに聞いても答えが返ってくることはなかった。その時点で勝敗はわかっていたのだが、今のビスコには猫爪が生えていてビンタが洒落《しゃれ》にならなそうだったので、それについていじるのはやめておいた。

＊＊＊

「上様の御推察どおりでございました。密偵どもいわく、数日前に落ちた最初の黄金の雷は、邪仙・甘草《あまくさ》を封じた『小判寺』に落ちたとのこと」

老中・チンチラの柴舟《しばふね》は。

すでにその身体《からだ》を全快させ、茶色の裃《かみしも》に身を包み、ちんまりと殿の間の脇に座っている。

「小判寺を漁《あさ》らせましたが、焼け跡に『甘草月餅《あまくさげっぺい》』の遺骸はにゃく。先日の鬼ノ子《きのこ》さわぎと合わせましても、やはり……」

「甘草月餅《あまくさげっぺい》が、あの世から蘇《よみがえ》ったか」

「ははっ」

低く頭を下げる老中を横目に、羊羹《ようかん》は……

正面で座る（片方は胡坐《あぐら》だが）、二人の人間に語り掛けた。

「その方らから聞いた『超信弓《ちょうしんきゅう》』なる超力の話と、此度《こたび》の事件、一致する。おそらく甘草《あまくさ》は、その超信矢《ちょうしんし》の力を以《も》って蘇《よみがえ》ったに違いあるまい」

「はい。羊羹《ようかん》さま。その甘草《あまくさ》とかいう人が、」

「猫な」

「わかってるよ！　猫が、地上と猫摩《びょうま》を繋《つな》ぐ猫門を操っているはずです。その猫を放っておくと、地上の人間が皆、半猫になってしまうんです……この、ビスコみたいに」

「うむ。人国《じんこく》・猫摩国《びょうまこく》ともに、奴《やつ》の超力に脅《おびや》かされておるというわけだ」

羊羹《ようかん》は頷《うなず》いて立ち上がり、

「先日の鬼ノ子《きのこ》の一件、外部から襲ってきたようには思えぬ。おそらく城下町のどこかに魔誕《またん》子《ご》の隠れ家があるのであろう。あるいは今も、町猫を攫《さら》って鬼ノ子《きのこ》と化しておるやもしれん」

「では密偵を使い、城下をお調べいたしましょう」

「ならぬ。甘草《あまくさ》に近づきすぎれば、並みの猫では逆に利用されよう」

羊羹《ようかん》、名刀・金鍔《きんつば》の大小を佩《は》くと、そのままずんずんと歩き、

「赤星《あかぼし》、猫柳《ねこやなぎ》。何をしておる、行くぞ」

そう言い放ったものである。

これには老中・柴舟《しばふね》も狼狽《ろうばい》し、

「し、将軍自ら城下をお調べすると仰《おお》せか。なりませぬ、かように危険な！」

「甘草《あまくさ》が復活したとなれば、奴《やつ》に届くのは余の瞬火剣《またたびけん》のみ。保身のためにつまらぬ策を打てば、それだけ猫の犠牲を増やすことになる」

「だとしても！　護衛をお付けください。なにもかような、出自の知れぬにんげんどもをお使いにならずとも……」

「だからこそ、だ、爺《じい》」

振り返る羊羹《ようかん》の双眸《そうぼう》に、柴舟《しばふね》ははっと息をつめて固まる。

「甘草《あまくさ》には、すでに猫のやり口は知れている。執念深い奴《やつ》のこと、封印されし間にいかな策を練っているかわからぬ。だが、人間が相手なら？」

「上様……！」

「我らが城下を探る間、また鬼ノ子《きのこ》どもが湧かぬとも限らぬ。侍たちの動きは爺《じい》に預けるゆえ、くれぐれも民を傷つけぬようにな」

ははっ、と低頭する柴舟《しばふね》を横目に、ひとつ欠伸《あくび》をしたビスコは、手に入れた猫の身体《からだ》でぴょんと跳ね、羊羹《ようかん》を追っていく。

ミロもややあってからそれを追おうとするが、

「……猫柳《ねこやなぎ》！」

ひしっ、と老チンチラに脛《すね》を摑《つか》まれ、思わず「びくっっ！」と固まってしまう。

「うわっ、なんですか、ごめんなさいっ」

「どうか上様を頼む。心優しきあまり、昔から無茶ばかりのお方にゃのだ!!」

チンチラの眼《め》に滲《にじ》む涙に、ミロも思わず振り返り、その眼《め》を合わせる。

「猫摩《びょうま》の命運一心に預かるそのご心痛、できることなら代わって差し上げたいと思い続けて三十年。にゃれど。にゃれど老いたこの身には～っっ」

「ご家老、落ち着いて。大丈夫。あのビスコ、人間界じゃ名の知れた英雄なんです」

「ううう〜〜っ」

「それにね……」

縁側から出てゆく、どこか雰囲気の似た二人の背中を見送って、ミロが微笑《ほほえ》んだ。

「僕も、猛獣の扱い方には、ちょっと自信があるんです！」

＊＊＊

舞台は郊外の小城より、猫《びょう》摩《ま》国《こく》へ戻り……

その、城下。

まだ朝早い街を、凛《りん》と歩く黒い侍の姿がある。

大股に歩くその後を、ささささ、と二つの影が尾《つ》け、街角を見つけてはそこに隠れる、という動きを繰り返している。

黒猫侍はやがて、そこそこ立派な呉服屋の前で立ち止まり——

「もし、呉服屋」

「………。」

「もし、たのもう」

「何だい何だい。今日は休みだって、札が見えねえのかい……」

「煎餅《せんべい》。ひとつ頼まれてくれぬか」

「こりゃ羊羹《ようかん》さま！」

欠伸《あくび》とともに店の暖簾《のれん》をあけて戸口に立った呉服屋・煎餅《せんべい》は、目の前に立った長身の黒猫の姿に、思わず声を上げた。その大きさに慌てて、

「しーッ」

と口に指を充《あ》てる羊羹《ようかん》。

「とりいそぎ、猫侍二人ぶんの一揃《ひとそろ》いを誂《あつら》えてもらいたいのだ」

「お二人様てえと……羊羹《ようかん》さまの御召《おめ》し物《もの》じゃねえんで？」

「赤星《あかぼし》、猫柳《ねこやなぎ》。どこにおる？」

羊羹《ようかん》が振り返って言えば、街角から、すすす……と二人の忍びが進み出で、羊羹《ようかん》の背後に二人してぴたりとくっついた。

「山」

「川」

「その方ら、先ほどから何の真似《まね》だ？」

「忍者でゴザル」

「何か御庭番を誤解しておるな」

「ははあ成程。にんげん様方に、お侍の呉服をってておつもりですね」

呉服屋・煎餅《せんべい》、無一文から成り上がった腕利《うでき》き商猫であるだけに、こうした目利《めき》きもいい。

「うむ。この狩人《かりゅうど》の装《よそお》いでは、何かと目立つでな」

「任せておくんなまし。ささ！　お二人ともこちらへ……」

「山」

「川」

「己《お》れはここで待っていよう。地味なものでいいからな、煎餅《せんべい》！」

ビスコとミロが、すすす、と影の動きで呉服屋へ上がると、「おーい！　皆の衆、お客だよ。こちらへおいで！」と煎餅が声を張った。

「「はいなーっ」」と返事をして、呉服屋猫たちがスススと襖《ふすま》の奥から出《い》で、

「あら！　これは親方の言ってた、にんげんのお客様じゃないかね」

「肌がつるんとして、可愛《かわい》いわ！」

口々に言い、二人の頬をつつきまわす。

「羊羹《ようかん》さまは目立たないものと仰《おお》せだが、それじゃあこの煎餅《せんべい》呉服の名が泣いちまう。とびきり上等なのを誂《あつら》えて差し上げますよ！　ささ、お前たち、仕事にかかんなさい」

「「はいなーっ」」

呉服猫たちはくるりくるりと手際《てぎわ》よく少年二人を操り、首、胸、腹と寸法を測りながら、

「もっとお楽にしなしゃんし」

「お鈴は白がよろしおすねえ」

「あーたね、お鈴の色は着物の後と決まっておりんすよ」

「ま〜あ、お胸のたくましいこと！」

「わっちらも、旦那えらびはにんげんにしようかねえ」

「そうだよ。猫なんてだめだめ。親方みたいな、業突く張りばっかりで……」

「聞こえとるぞ、おまえたち！」

「「きゃ――っ」」

…………。

その、くるくると動く呉服屋の中で、ひそりと襖《ふすま》の奥に引っ込む、一人の猫がある。

怪しげな気配のその猫はしばし、探られておらぬか辺りを見渡し……

やがて店の裏手口から、ひっそりと四つ足で抜け出していった。

「すると羊羹《ようかん》は、呉服屋で呑気《のんき》に着物を選んでおったと」

「は」

いずこかの屋敷《やしき》、障子越しの声が、着物の三毛猫に語り掛ける。

「天より落ちたと噂《うわさ》の『にんげん』二人に、着物の一揃《ひとそろ》いを誂《あつら》えておりました。はたまた、将軍の道楽か……どちらにせよ、われらの『鈴』のからくりに気付いた風はございませぬ」

「よしよし。奉行さま、密偵はこのように」

「ぐふふ」

ぶくぶくと太った奉行猫が、行灯《あんどん》の明かりに尊大な顔を照らし、

「瞬火剣《またたびけん》・羊羹《ようかん》などと気取ってはいても、所詮は力頼みのうつけ者。自ら城下に降りてきたと聞き、少々焦《あせ》りはしたが」

煙管《きせる》を吸って煙を吐き出す。白い煙の向こうで、でっぷりと膨れた喉がゴロゴロと鳴った。

「我らの企《たくら》みが見抜けるはずもあるまい。のう、鈴屋」

「ひひ。仰《おつしや》るとおりでございます」

『鈴屋』と呼ばれた三毛猫は、反対にかなりの痩せ猫、体のそこらじゅうに大小の鈴をぶら下げ、身体《からだ》のひくつきに合わせてちりんちりんと揺らしている。

「鈴は猫になくてはならぬもの。この鈴に甘草《あまくさ》さまの呪力を仕込んで売りさばけば、城下の猫が知らず鈴の音を聞き、鬼ノ子《きのこ》に変わってゆくという算段でございます」

「町の者の訴えも、奉行のわしがもみ消せば、あの憎き羊羹《ようかん》の耳には届かずか……」

「左様で」

「大した悪だくみじゃ。鈴屋、お主も悪よのう」

「お奉行さまほどでは」

ぐふふふふ、と静かに響く、悪党どもの供笑！　鈴屋は談合の締めくくりにと、ずしりと重い桐《きり》箱を奉行猫の前に差し出した。

「ではお約束の。お奉行様のお好きな、山吹色のお菓子でございます」

「うむ、うむ」

「猫《びょう》摩《ま》を鬼《き》ノ《の》子《こ》の国にした暁には、くれぐれも甘《あま》草《くさ》さまにお口添えを……」

「わかっておるわ。まずはその、山吹色を拝んでから……」

奉行猫の太い指が桐《きり》箱にかかり、その中の小判の輝きに部屋が満ちる――

そこへ！

しゅばんっ！　と障子を突き破って、鋼鉄の棒手裏剣が突き立ち、ばがんっ、と桐《きり》箱を破砕して小判を八方にぶち撒《ま》いた。

「わあっ!?」

「にゃ、にゃにごとっっ!?」

鈴屋が咄嗟《とっさ》に障子を開ければ、
中庭に、一人の雄猫。

覆面をしており顔はわからないが、長身と後ろ毛を風になびかせ、夜に溶けるような黒い毛並みを、月光に艶《つや》やかに輝かせている。

「察しの通り、鬼《き》ノ《の》子《こ》騒ぎに一枚噛《か》んでおったか、鈴屋」

「なにいい……？」

「そしてよもや、奉行もそれに組しておるとは。城に訴えが上がらぬわけだ」

「ええい無礼千万っ。貴様、こちら様をどなたと心得る！」

鈴屋は気をとりなおして大声を張り、のしのしと縁側に歩み出た奉行を指し示した。

「天下のお奉行猫、近山銀座衛門《ちかやまぎんざえもん》様にあらせられるぞ！」

「わしの胸先三寸で貴様は死罪じゃ。バカなさんぴん侍め、正義感が仇《あだ》になったな」

「正義感が、仇《あだ》になった、とは……」

黒い影がゆらりとゆらめき、

「奉行の言い草とは思えぬ。天秤《てんびん》を踏みにじったその責、重いぞ！」

覆面の向こうから、赤い双眸《そうぼう》をカッと光らせた！

「う、うわっ！」

「その、赤い眼《め》は……」

「悪道に堕したり銀座衛門《ぎんざえもん》。余の顔見忘れたか！」

ばっ！　と覆面を剝げば、月光の下に光る精悍《せいかん》な黒猫の顔。まさしく、

「「しょ、将軍様っっ!!」」

八代将軍、八ッ橋羊羹《やっはしようかん》のそれである。

奉行と鈴屋は思わず縁側にひれ伏し、途端に滝のような汗を零《こぼ》し始めた。

「呉服屋に密偵を潜ませていたな。逆に利用させてもらったぞ」

「そ、そんなばかな。上様、これは何かの間違い……」

「鈴屋、ならびに銀座衛門《ぎんざえもん》。邪教・魔誕子《またんご》の思想に組して私腹を肥やし、猫摩《びょうま》の民を鬼ノ子《きのこ》に陥れたこと、誠に許しがたい。神妙にし、大人しく沙汰を待て！」

「ぐ、くく、ぐぎぎぎぎ……!!」

低く頭を下げながら、銀座衛門《ぎんざえもん》、悔しさの涎《よだれ》をぼたぼたと噛《か》み零《こぼ》し、

「お、おのれおのれ。上様とて、ここで死ねばただの野良猫《のらねこ》！」

腰の刀を抜いて、ばっ！　と身体《からだ》を起こす！

「その首、甘草《あまくさ》さまへの貢《みつ》ぎ物《もの》としてくれるわ！」

「上様、お手向かい致しますぞ。ものども、出会えいーっ！」

鈴屋が一声叫べば、屋敷《やしき》のいたるところから、ぼぐん！　ぼぐん！　と鬼ノ子《きのこ》の兵士が飛び出し、その手に握った火斧槍《ひふそう》を羊羹《ようかん》へ突き付ける。

「相手は黒猫一匹。キノコども、かかれ、かかれーっ！」

「黒猫一匹、か。それはどうかな」

鬼ノ子《きのこ》たちが、そのずんぐりと大きな身体《からだ》で跳び上がり、一斉に羊羹《ようかん》に突きかかるそれへ、
ひゅばんっ！　と空中に太刀が閃《ひらめ》き、突風のようなみねうちで全てのキノコを弾《はじ》き飛《と》ばした。

鬼ノ子《きのこ》たちは庭や瓦屋根にぶつかって盛大に白煙を上げ、「オワ～～ン!!」と痛いんだか痛く

ないんだかな悲鳴を上げる。

「⁉　な、なにやつ！」

「羊羹《ようかん》さまに、お手は触れさせないぞっ！」

両耳に、ちりんと鈴のピアス。

長く伸びた青い後ろ髪をまとめて結び、空色の着物に身を包んだ『にんげん』の侍。ひらりと得意気にポニーテールを躍らせて、

「天がよぶ、地がよぶ。ねこがよぶッ！」

忍びにあるまじき派手な身振りで、羊羹《ようかん》の前にしゅばりと降り立った。

「な、ななな！」

「にんげんの御庭番だと！」

驚く銀座《ぎんざ》衛門《えもん》の一方、

「御庭番、猫柳《ねこやなぎ》ミロ！　見っ！　参っ‼」

かかんッ！

青侍が大見得を切る。

「あのな猫柳《ねこやなぎ》。御庭番は、見参！　とか言わぬものだぞ」

「羊羹《ようかん》さま、見てください！　僕、本当に侍になったみたい」

「うむ、あの、」

「ビスコのやつ全然褒めてくれないんです。ねえ、似合うでしょ？　髪もほら！」

「いかん、鈴屋が逃げる。この場は任すぞ」

「あっ、ちょっと！　羊羹《ようかん》さまあ！」

駆けてゆく羊羹《ようかん》と入れ違いに、鬼ノ子《きのこ》の兵たちが、空色の侍を取り囲む。

「ずっどどん！」

「にんげんだぞ」

「パンダでは？」

「パンダにんげんだぞ」

「しろくろつけるぜ」

「ちょっとさあ誰も褒めてくんないんだけど。つまんないなー！」

ミロはそう憤慨してピアスを揺らし、打刀をひらりと構える。

「侍も形だけじゃだめってこと？　じゃ、所作の勉強だね。みんな付き合ってくれる？」

「むーん、このやろーっ！」

「なめんなよーっ！」

「おいで。痛くしないから！」

次から次へ飛び掛かる鬼ノ子《きのこ》の軍勢を、蒼《あお》い雷光のごとき太刀筋が迎え撃つ！　それを背後に見ながら羊羹《ようかん》はかすかに笑い、奥の間に逃げて行った鈴屋、ならびに銀座衛門《ぎんざえもん》を追っていくのだった。

「ぜひ、ぜひ、ぜひい」

「お、お奉行様、お急ぎを」

「う、うるさい、ぜひ、い、急いでおるわ……どわっ！」

奉行・銀座衛門《ぎんざえもん》、畳の隙間に足の爪を引っ掛けて、大きな身体《からだ》で襖《ふすま》に突っ込み、そのまま襖《ふすま》ごと前にすっ倒れてしまう。

「ごべえっ！」

「猫とは、かくも堕落するものか」

ゆらりと畳の間に落ちる黒猫の影に、ぜえ、ぜえ、と荒く奉行の息が響く。

「銀座衛門《ぎんざえもん》。かつて我ら同じく、秘剣・瞬火剣《またたびけん》の伝承候補者。同じ道場で剣を振るった仲であった。剣の道に真摯であったお前が、何故《なぜ》ゆえ魔誕子《またんご》の邪悪に堕してしまったのだ？」

「う……上様には……！」

ぜえ、ぜえ。荒い息、汗まみれの顔で見上げる先には。

抜き身を持ち、薄暗い和室に赤い双眸《そうぼう》を光らせる、瞬火剣《またたびけん》・羊羹《ようかん》の姿がある。

「御分かりになられますまい……！　我ら、もたざるものの気持ちは……！」

「何だと？」

「あの頃。身分の勝る上様に、せめて剣だけでもと思いしが、それも叶《かな》わなかった。稽古に稽古を重ねて挑んだわしを、才覚の一閃《いっせん》にて打ちのめし、優しく助け起こす上様の手が……いかに！　いかに残酷であったことか……！」

「…………。」

「お、お奉行様……！」

たじろぐ鈴屋が首に下げた大鈴を、銀座衛門《ぎんざえもん》、思わぬ素早さでばっと奪い取り、

「ああっ！」

「キノコは！　猫の願いを叶《かな》える力。甘草《あまくさ》さまの救済なのだっ！　おまえの才能に虐《しいた》げられたまま！　わしを終わってたまるかあああ——っっ‼」

銀座衛門《ぎんざえもん》、血走った猫眼《ねこめ》をかっ開いて立ち上がり、奪った大鈴を一息に呑《の》み込む‼

「ばかな。銀座衛門《ぎんざえもん》！」

「おおっ⁉　ぐぐ。おぐぐご。おぐぐぐごおおーっ⁉」

「ひええ。ひえええ——っっ」

逃げる鈴屋を追う間もない。

りりりん、りりりん。身体《からだ》の中で鈴が鳴る。銀座衛門《ぎんざえもん》のもともと大きい身体《からだ》が、一際《ひときわ》膨れ上がったかと思った一瞬の後、

ぼぐんっっ‼

『ううううおおおおーーーーっっ!!』

それまで銀座衛門《ぎんざえもん》だったものが、身の丈3mほどもある巨大な黄金の鬼ノ子《きのこ》へと変貌した！

その頭は天井を突き破るほど。両手に、キノコの柄《つか》を持つ大刀を輝かせている。

『みなぎる。みなぎる、ちからが！』

自身の中に湧き上がる剣力の奔流に、キノコの巨鬼が震える。

『わしこそ剣鬼なり。羊羹《ようかん》、いまのわしなら、お前など！』

「血迷ったか、銀座衛門《ぎんざえもん》！　それは武ではない、外法《げほう》の力ぞ！」

『ぎんざえもん……？　はて、聞いたなまえだな……』

（なんたること。おのれ、月餅《げっぺい》め！）

『ぶっつぶれろ――――っっ!!』

もはや銀座衛門《ぎんざえもん》であることを失ったそのキノコの巨鬼は、大刀を大きく振りかぶって、そのまま羊羹《ようかん》へ叩《たた》きつける！

どがんっっ!!

砕け散る畳、木柱！　空中に浮かされた羊羹《ようかん》に対し、巨鬼は、

『瞬火剣《またたびけん》っ……』

（しまった！）

『鯉《こい》のぼりいい――――っっ!!』

逆手に持ったもう一刀で、横薙《な》ぎの一閃《いっせん》を繰り出した。ばぎぃんっっ!!　と受ける名刀・金《きん》鍔《つば》がきしみを上げ、羊羹《ようかん》の身体《からだ》を床の間に叩《たた》き飛ばす。

がしゃあんっ。轟音《ごうおん》を上げて砕ける、飾り鎧《よろい》！

『うぉれが最強だーっ』

（殺《や》るしかないのか！）

巨鬼はまぎれもなく強敵だった。もともとの鬼ノ子《きのこ》の強靭《きょうじん》な身体《からだ》が、秘剣・瞬火剣《またたびけん》まで使うとあっては、羊羹《ようかん》も加減してその命を留《とど》めることはできないだろう。

『しねえええ――――っっ!!』

かつての友が、再び振りかぶる大刀に、

（許せ、銀座衛門《ぎんざえもん》……！）

羊羹《ようかん》、必殺の瞬火剣《またたびけん》を抜き放つ、
その直前！

「おおおらあ――――ツッ!!」

どがんっっ!!

屋根を突き破って流星のように降ってきた一人の侍が、その脚絆《きゃはん》でもって、とんでもない威力の蹴りを巨鬼の腹にぶちかましたのである。

「!?」

『ぶおおおおーーーっ⁉』

「頭が高いんじゃ、コラ！」

どがん、どがん、どがんっ！

襖《ふすま》をいくつも突き破ってすっとんでいく巨鬼。ぱたぱたと猫耳をあおいでそれを見送る、臙《えん》脂《じ》色の着物を着崩した半猫侍は、牙を覗《のぞ》かせて将軍に笑いかけた。

「殺《や》る気だったな？　お殿様が穏やかじゃねえぜ、ヨーカン！」

「その顔。何か打つ手があるな、赤星《あかぼし》！」

「猫ならともかくキノコ相手に。俺を誰だと思ってんだァッ！」

しゅばん！　と畳を爪で引《ひ》っ掻《か》いたビスコは疾風のようにカッ跳びざま、体勢を立て直す巨鬼に向かって、鏃《やじり》の手裏剣を三閃《さんせん》投げつける。

とととっ！　と身体《からだ》に突き立った鏃《やじり》をものともせず、

『かゆいわあ——っ！　かようなおもちゃで、わしが倒れるかッ』

「エンマダケの菌種だな。馬鹿力なわけだ」

『菌種……？　ばかめ。にんげんごときに、わしを推し量ることなど不可能！』

「そうは言うけど。エンマダケはエンマダケ……」

『地獄に墜《お》ちよ！　瞬《またた》火剣《びけん》ンンンッッ』

巨鬼の双刀が、ぐわりと振りかぶられる。

『ひとで舞いいいい――――ッツ』

「⁉　おわっ！」

巨鬼はその巨体を高速でぐるぐる回転させ、二本の大刀をまるで風車のようにブン回した。エンマダケの菌力が生み出す圧倒的なパワーに、屋敷《やしき》の襖《ふすま》は裂け、壁は千切れ……周囲のあらゆるものが紙切れのように粉砕されていく。

『ばはははは！　竜巻がごときこの剣力、近寄ることすらできまいっ。震えて待て、います
ぐ捻《ひね》り潰してくれるっ』

「おいバカ、やめろ‼　あんまり回ると、回りが早いぞ！」

『この回転の速さに恐れをなしたか。まだまだこんなものではないぞ。冥途の土産に、このひとで舞いの真髄、見せてくれよう！』

「いやあの違う、そうじゃなくて」

『ひとで舞い・星雲《ねびゆら》――――ッツ』

巨鬼の回転が一層早まり、もはや刃物を携えた黄金の独楽《こま》となって、ビスコと羊羹《ようかん》に迫る！

いよいよか、と羊羹《ようかん》が刀の柄《つか》に手をかけた、

そのとき、

『くたばれ――――ッ！　ばははははは……』

ぼんっ。

『……はっ？』

ぼんっ、ぼんっ。

『ぱっ。ぼっ。……おりょ、回転が。おりょ。おりょよりょりょ……』

「うむ⁉　これは……？」

奇妙な破裂音と、露骨にバランスを崩す回転に、羊羹《ようかん》が目を見張る。

『なんだぁ〜っ』と喚《わめ》く巨鬼の身体《からだ》をよく見れば、

「これは。新たなキノコが寄生しておるのか」

先ほどビスコが投げつけた鏃《やじり》の手裏剣から、何やら紫色の舞茸《まいたけ》のようなものが生え、黄金のキノコの肌を侵食しているのだ。その大きさはささやかながら、効果は見ての通り覿面《てきめん》であることが窺《うかが》える。

「人も猫もキノコも、どうして俺の話を聞かないんだ」ビスコが憤然と言う。「回っただけ毒が回るって教えてやったのに、アホみてえにぐるぐると……」

『きさまああ――っ　手裏剣に　毒を〜〜っ』

はじめの数秒。開幕の手裏剣で……

呆気《あっけ》なくもすでに勝負は決していたということになる。

「お前みたいなエンマダケは生命力が強いから、『酒乱ダケ』がよく育つんだ。安心しろ、悪酔いが三日続くだけで、命に別状はない」

『武士道の〜〜っ　風上にも、おけぬ〜〜っ』

「武士じゃねえもん。俺はキノコ守りだ！」

異形を相手にこの口ぶり。少年ながらこの大した肝の据わり方は、傑物を見慣れた羊羹《ようかん》をしてたいそう驚かせたものである。

一方の巨鬼・銀座衛門《ぎんざえもん》、この小僧めの命だけはとその眼《め》をかっぴらき、

『けえええええ――――ッッ』

独楽《こま》の回転の終わりざま、ビスコに向けて執念の一太刀を浴びせる。

横薙《な》ぎに振り抜かれる大刀、ビスコは半猫の身体《からだ》をもってひらりと躱《かわ》しざま、なんと閃《ひらめ》く尻尾をしならせてその大刀を奪い取り、

『ば。ばあかなあっ』

「世紀末殺法っ！」

ず、がんっっ!!

「　筒《つつ》　蛇《へび》　剣《けん》　だァ――――ッ!!」

ビスコの振り抜いた尻尾の剣撃は、畳を摺《す》り上げるように巨鬼の傘の裏を捉え、正に筒蛇《つつへび》が天に昇り上がるがごとく、摑《つか》んだ大刀の峰を（峰打ちならいいというもんではない）規格外の破壊力で叩《たた》きつけた。相応の重量を持つであろう巨鬼の身体《からだ》は、屋根を突き破って蹴鞠《けまり》のように中空に跳ねあがり――

『オワワ～～～～ン』

鬼ノ子《きのこ》特有の間の抜けた雄叫《おたけ》びを上げて、月をバックに遠方へ吹き飛んでいった。

羊羹《ようかん》、豪放無頼なその戦型に思わず唸《うな》り、

（なんと、出鱈目《でたらめ》な剣法。いや、これはもはや野生と言うべきか）

「また、つまらぬものを斬ってしまったぜ」

「また、とは。刀の扱いは初めてであろう」

「いいんだよ。水を差すな！」

大刀を畳に突き刺し、その柄《つか》の上に四つ足で飛び乗ったビスコは、尻尾をふらふらと遊ばせて羊羹《ようかん》を振り向いた。

「さあ、ご学友は死なずに済んだぜ。次はどうする？」

「うむ」ビスコと眼《め》を合わせて、羊羹《ようかん》の表情に笑みが戻る。

「無辜《むこ》の鬼ノ子《きのこ》たちを猫に戻してやらねば。元凶の『魔鈴《まれい》』の所在を、鈴屋が知っておるはず。急ぎ追って――」

「羊羹《ようかん》さまーっ！」

ミロの涼やかな声。

巨鬼の暴走でギタギタになった吹き抜けの屋敷《やしき》の中を、風に青髪を揺らし、なにか片手にひっつかんで、ズルズルと引っ張ってくるものである。

「変な子捕まえました！　間違いなく怪し……うわあ、また派手に壊したなあ」

「あれだけの敵に傷ひとつなしか。赤星《あかぼし》、相棒も互角の腕とみえるな」

「ばかゅーな。俺のがちょっと強い」

「こらビスコ！　また好き放題やったでしょ。あーあ、こんな綺麗《きれい》な部屋が……人国《じんこく》なら特級文化遺産だよ！」

「いったん全部俺のせいにすんな、バカ！　で、摑《つか》んでるそりゃ何だ？」

「この子のこと？」

「は、はにゃしてくれぇえ〜〜〜っっ」

鈴屋である。

首根っこの毛皮をミロに摑《つか》まれ、両手両足をばたつかせて、体中につけた鈴をしゃんしゃんと鳴らしている。ミロも医者ゆえか猫の扱いも慣れたもので、鈴屋がいかに暴れようがそちらを振り向く気配もない。

「あ、あちしは下《した》っ端《ぱ》でさ。悪いのはお奉行だ、何にも知らねえんで」

「よく言えたものだ。お主の鈴で、銀座衛門《ぎんざえもん》は鬼ノ子《きのこ》になったのだぞ」

羊羹《ようかん》は静かに進み出で、鈴屋の前に屈《かが》み込む。

「甘草《あまくさ》の『魔鈴《まれい》』の呪力は、大元となる『大魔鈴《だいまれい》』を破壊すれば無効化される。鈴屋、お前こそ大魔鈴《だいまれい》の所在を知っておろう」

「し、知らねえ、知りません。ご、後生っ」

「余を八代将軍と知って、なお口を閉ざすというか？」

「ひ、ひいいい。駄目だ、言ったら殺される。ぱらいそに行くどころか、甘草《あまくさ》さまに呪い殺されちまうう。いやだあ。どうか、どうか……」

鈴屋の恐慌《きょうこう》具合は相当なもの、震えで鈴の音が止まる間もない。もともと人物が小物のところに、瞬火剣《またたびけん》・羊羹《ようかん》と邪法師甘草《あまくさ》の板挟みになれば、これはまあ無理もないところであろう。

羊羹《ようかん》、「ふむ」と顎に手を当て、

「おびえ切っておるな。一度、城に連れ帰るか？」

「羊羹《ようかん》さま、大丈夫。僕に任せてください」

囁《ささや》くようなミロの耳打ちに、羊羹《ようかん》わずかに顔を上げ、ひとつ頷《うなず》く。ミロは将軍の許可を受けてゆっくりと鈴屋を背中から抱きしめると、

「こわかったね。もう、だいじょうぶだよ」

「ひ、ひ……？　あ、うう……」

「リラックスして。そう……ゆっくり、深呼吸……」

ミロの手が鈴屋の毛並みを撫《な》で、喉をこしょこしょとくすぐってやれば、「ごろごろごろ」

と眼《め》を細め、鈴屋も気持ちよさそうに筋肉を弛緩《しかん》させる。

「にゃ、にゃんたる、按摩《あんま》の、ここちよさ～～……」

うっとりと緩んだ、鈴屋の、その首元へ……

「ごめんね」

ぷすり。

「ウ」

注射器の針が差し込まれ、胞子の溶けた薬液がすばやく注入されてゆく。その手際《てぎわ》はじつに三秒もかからぬというところ、鈴屋は自分に何が起きたかもわからない。

鈴屋、そのまま、操られたようにふらふら立ち上がり、

「む。これ、どこへ行く」

「羊羹《ようかん》さま。大丈夫です、後を追いましょう」

「また、面妖な術を使ったな」

「ジハクダケのアンプルだよォ」

ビスコが苦み走った顔で、ミロの行為の補足をする。

「こいつのは胞子濃度を上げてあるから、聞かれたことに勝手に身体《からだ》が動くんだ。えげつねえモン作りやがって、医者のやることか？」

「猫助けの役に立ってるじゃん。文句あるの!?」

「うるせー、ヤブパンダ！」

「しめじ野郎」

「は〜〜!? 悪口か怪しいが、とにかく許されねえよな!?」

「よさぬか馬鹿者。見ろ、鈴屋が……」

少年二人がじゃれている間に、鈴屋はふらふらと歩いて奥の大座敷《ざしき》の襖《ふすま》をあけ、

「にゃごおお〜〜っっ」

と呻《うめ》き、畳をがりがりと引《ひ》っ掻《か》いた。

鈴屋は半ば半狂乱になって畳を引《ひ》っ掻《か》き続け、やがてジハクダケの麻酔作用にぐるりと白目を剝《む》き、コテンと昏倒《こんとう》してしまう。

「何してんだコイツ。おいミロ！ 失敗だぞ」

「……待て、そうか。畳の裏だな」

羊羹《ようかん》は得心いったように頷《うなず》き、ぽかんと見送る少年たちに向けて昏倒《こんとう》した鈴屋を放ると、

「そやつの気付けを頼む」

「羊羹《ようかん》さま。そこに何が——」

ミロの問いかけが終わる間もなく。

ひゅばっっ。と猫の身体《からだ》が翻《ひるがえ》り、火車のような宙回りの七回転、その着地と同時に繰り出した踵《かかと》落としが、座敷《ざしき》の畳に強《したた》かに突き刺さった！

どがんっっ!!

「瞬火剣《またたびけん》。『土佐波返し』！」

「うわあっっ」

風圧で二人の髪がなびく。単なる畳返しの技であれば、キノコ守りが驚くこともなかろうが、これは桁が違う。

大座敷《ざしき》にあった無数の畳、それが羊羹《ようかん》の踵《かかと》の一撃で一時にすべてめくれ上がり、津波で打ちあがる魚のように中空に躍ったのだ。

(どういう技だこりゃ!?)

怪力で地面を破壊することはできても、一瞬で畳だけを剝がすなどという真似《まね》はビスコにもできないだろう。『瞬火剣《またたびけん》』なる剣術の神秘性を目の当《ま》たりにする少年二人へ、

「！　やはりか。見よ、『大魔鈴《だいまれい》』だ!!」

羊羹《ようかん》は呼吸ひとつも乱さず、剝がした床下を見下ろして声を張った。

大座敷《ざしき》の床下、洞窟のように掘り抜かれたそこには……

「こ、これが……」

「『だいまれい』!?」

黄金に輝く巨大な鈴のようなものが、まばゆい光を放ってそこに埋め込まれていた。

鈴には生物的な何か血管らしきものが無数に走り、まるで心臓のように『どくん、どくん』

と大きく脈打っている。

「この鼓動に合わせて、われらに聞こえぬ音波が猫摩国《びょうまこく》中に鳴り響いておるのだ。首もとに魔鈴《まれい》を着けるものは、それに共鳴して……」

「鬼ノ子《きのこ》になってしまう、ということですね」

「とっとと壊しちまおう。それで皆、猫に戻るんだろ？」

「待て。とどめに手間取れば、自らを炸裂《さくれつ》させて屋敷《やしき》ごと吹き飛ばすやもしれぬ。この大魔鈴《だいまれい》に、下手な痛みを与えるのはご法度《はっと》なのだ」

羊羹《ようかん》はそう言い、脈打つ大魔鈴《だいまれい》の前についと進み出で……

名刀・金鍔《きんつば》の柄《つか》に手をかける！

「羊羹《ようかん》さま！　お一人では……」

「止《よ》せ、ミロ！」

「でも！」

「雰囲気が変わったぜ。ヨーカンの奴《やつ》、やる気だぞ」

将軍・羊羹《ようかん》から、瞬火剣《またたびけん》・羊羹《ようかん》への変貌を肌で感じたビスコは、久しく見せなかった興味《きょうみ》津々《しんしん》の眼差《まなざ》しを黒猫へ向け、きらきらと猫眼《ねこめ》を光らせている。

「瞬火剣《またたびけん》、奥義《おうぎ》……！」

羊羹《ようかん》が双眸《そうぼう》をカッと見開き、深い呼吸をひとつすれば、夜に赤く燃える瞬火《またたび》の粒子がちらちらと舞い、花火のごとく羊羹《ようかん》の周囲に漂い出す。渦巻く風が羊羹《ようかん》の毛並みを巻き上げ、艶《つや》やかな黒が夜に輝く。

しなやかな筋肉がぎりりと張り詰め、今まさに、瞬《またたび》火剣《けん》の奥義《おうぎ》が——

「…………。ふむ」

「「……あえっ⁉」」

繰り出されることはなかった。

羊羹《ようかん》は刀の柄《つか》から手を離し、てくてくとミロの元まで向かってくる。

「鈴屋が起きる気配はないか。仕方がない。置いてゆこう」

「待て待て待て‼　期待させといて……そのでかいのを斬るんじゃねえのか⁉」

「斬ったが？」

「何——」

ずばんッッ‼

一瞬の後であった。ビスコの声に被《かぶ》せて、背後の大魔鈴《だいまれい》が×文字に大きく裂け、

『お　ぎ　ゃ　あ　あ　あ　あ』

身の毛もよだつ悲鳴とともに、黄金の血を噴き散らかしたのである。そのおびただしい量、近場に居たビスコは思うさまひっかぶり、その全身を金色一色にしてしまうほどだ。

「な、なんだアッ⁉」

「これで、城下の鬼ノ子《きのこ》はじき猫に戻る。そして、その洞窟」

自爆すら許されず、砂金となって分解していく大魔鈴《だいまれい》。その向こうからは、羊羹《ようかん》の言う通り地下へ下る洞窟の階段が姿を現している。

「おそらくは甘草《あまくさ》の隠れ家に繋《つな》がっているとみて間違いない。その方らに怪我《けが》があるようなら、一度城に戻ろうかとも思っておったが……」

「僕もビスコも元気です、羊羹《ようかん》さま！」

「よし。この好機逃さぬ。ついて来い赤星《あかぼし》、猫柳《ねこやなぎ》！」

さらさらと砂金の川が流れる階段を、駆け下りていく羊羹《ようかん》。その黒猫の影を慌てて追って、ビスコがその背中に呼び掛ける。

「おい！　何ださっきのマタタビケンは。どういう技だ、単にもの凄《すご》い早さで斬ったのか？」

「そう思ったのなら、そういうことにしておけ」

「いや！　そんな筈《はず》ない。俺とミロの眼《め》で見過ごすはずが！」ビスコが食い下がる。「お前、抜いてすらいなかったな。それで何で、あんな斬り跡ができる!?」

「瞬火剣《またたびけん》の真髄に、剣はいらぬ」

黒猫は振り返らず口を開いた。ビスコの手腕に対し、隠し立てもいらぬと思ったのだろう。

「瞬火《またたび》を通して、大魔鈴《だいまれい》の心に触った。己《お》れは何もしておらぬ。あれがただ、『斬られた』と思ったのよ」

「何だと……!!」

「いずれ事が済めば教える……いや、お主、もう理解しておるな」

羊羹《ようかん》は愉快そうだ。

「お主らのような猫が、かつて友に欲しかった」

「待て！　まだ話を……」

「甘草《あまくさ》が潜みおるぞ。この先抜かるな」

洞窟は直線になり、左右の松明《たいまつ》で照らされるのみとなる。ビスコは途切られた話に「くそッ」と歯噛《はが》みして、相棒とともに羊羹《ようかん》の後を追って行った。

6

「二人とも、ちょっと待って！」

疾風のように駆け抜けてゆくトンネルの先で、ミロが土埃《つちぼこり》とともにブレーキをかけた。

「羊羹《ようかん》さま。道が……」

「二股に分かれておるか。もたついておれば、甘草《あまくさ》の脱出を許す」

羊羹《ようかん》はふうむと指を顎に当て、松明《たいまつ》の明かりが照らす双方の道を交互に見やる。

「二手に分かれる。赤星《あかぼし》、よいか？」

「わかった。ミロ、来い！」

「うんッ！」

「甘草《あまくさ》の超力は伊達《だて》ではない。ゆめゆめ油断するな！」

ビスコ・ミロの御庭番衆は左、羊羹《ようかん》は右の道へと進み、速度を緩めずに駆け抜けてゆく。数分もゆかぬうち、ビスコの選んだ左の道は徐々に土から黄金へとその内壁を変え、松明《たいまつ》の明かりを跳ね返してまばゆく輝くようになってゆく。

「こっちで当たりみたいだね。さすがビスコ、獣の勘！」

「半猫だしな。三割増しだ」

「にしても、趣味が悪いなあ。金一色で……なんというか情緒が、」

眼前を覆ってゆく金色に、ミロが表情をしかめた瞬間、
どどどどどっ！

「‼」

二人が踏みしめている金の石畳、言うなら金畳が、トンネルの前方から崩れ出してきた。

「ビスコ、落盤だ！」

「だめだ。後ろからも崩れてくる」

狭い洞窟内、跳び避けようにも全く逃げ場がない。背中合わせになった少年二人は、意外にも落ち着き払って、お互いの矢筒からシメジ矢を抜き放つ。

「甘草《あまくさ》の罠《わな》だね。うまく嵌《は》められたかな？」

「計画通りはお互いさまだ。こっちは虎穴に飛び込める」

「猫科だけに？」

「下で会うぞ。着地をミスんなよ！」

どどどどっっ、と、金畳の崩落は勢いを増し、そのまま二人を地下の暗黒の中へ呑《の》み込んでゆく。緑《みどり》と碧の四つの瞳はしかし微塵《みじん》のおそれも見せず、襲い来る脅威に咬《か》みかかろうと、暗闇の中で瞬《また》いていた。

ぼうんっ！

シメジが発芽して、着地の勢いを殺す。

ビスコは暗闇の中をゴロゴロと転がり、何か地面から突き出た支柱のようなものにぶつかって、ようやく勢いを止めた。

「っ。痛ってて……」

いつものキノコ守りの狩人服《かりゅうど》なら衝撃を殺す着地も心得たものだが、何より今は外套《がいとう》がないのが痛い。基本的にキノコ守りの空中制御というのは外套《がいとう》で行うものであり、薄っぺらい着物一枚きりでは風を受け止めきれないのだ。

（……ミロ！）

相棒のことが頭をよぎるも、ここを既に敵の胃《い》の腑《ふ》と悟ったビスコは、あえて声を上げることをしなかった。

（ミロの腕だ。シメジ着地をミスするようなことは、万に一つも、）

ない……、
それは、それとしても。

暗黒の中、異様な気配だ。どこか広い空間に居るのであろうか？　殺気を捉えるべく神経を尖《とが》らせてみても、周囲から発せられるのは、何と言おうか……珍しきものへの、あるいは好奇の目線ともいえる。

（どういうつもりだ。かかってくるなら、いつでも来やがれ！）

「うふふ……」

「！」

しゅばっ！　と風を切り、向き直るビスコの前に。

「やはり、お兄様はそうでなくてはいけませんわね」

ゆらりと、まるでそれだけがほの明く光るように、佇《たたず》む少女の人影がある。

その、見開いた義眼とお互いの眼《め》を合わせて……

「アムリィ……⁉」

「痺《しび》れるような獣の気。昨日までの気怠《けだる》い平穏が、嘘《うそ》のよう」

思わず声を上げるビスコへ、『アムリィ』がにこりと笑いかける。

「死地に生を求め輝くその瞳にこそ、熱く恋焦がれるのですわ。私たちが……いえ、あなた自身が。どうかビスコさま。私たちをお連れになって……」

しゅばんっ！

ビスコが振り抜く回し蹴りが『アムリィ』の首元を捉え、それを黄金の粉塵《ふんじん》へと変えた。粉《ふん》塵《じん》はきらめきながら「うふふ」と笑って、今度は『チャイカ』の形を取る。

「ウー、ヤア！　容赦ないのね。でもそれでいい。あなたの自由はあなたのものよ」

「安いまやかし見せやがって。心を覗《のぞ》いたぐらいで、調子に乗るなよ！」

「チャイカたちがあなたの本心だと、認めるのね？」

「カウンセリングやっててんじゃねえんだよォッ」

がぎぃんっっ!!

横薙《な》ぎに振り抜いたビスコの小太刀を、黄金に輝く『獅子紅剣《ししこうけん》』が受ける。微笑《ほほえ》むチャイカは、右手に伸びた剣から徐々に変異していき、紅菱《べにびし》の王『シシ』の形を取った。

「素晴らしい……兄上の躍動、生命の力をこの身に感じます。何故《なぜ》、己に嘘《うそ》をつかれる？　自由を阻《はば》む黒蛇のとぐろに、何故《なぜ》囲われたままでいるのです？」

「てめえ、何を、言って……！」

「あの、女のことなど」

ぞくりとするような冷たい『シシ』の声が、ビスコの首筋を撫《な》でた。

「捨て去ってしまえばよい。消してしまえば。秩序の中であなたは生きられぬ。あなたの本質は『猫』。我らと同じ、自由の獣なれば――」

ずばんっっ!!

ビスコの後方から、閃光《せんこう》のような青い光が『シシ』の額を打ち抜いた。『シシ』は仰《の》け反《ぞ》りながら、妖しく美しい笑いとともに、

「……相棒の方が、早く幻から抜けるとはな」

「おあいにくさま。僕はビスコよりドライだよ」

「くく……」

　細かく、黄金の粉になって融《と》けてゆく。

　粉塵《ふんじん》の輝きに照らされながらそれを見送ったミロは、じっとりと肌を汗で濡《ぬ》らしたビスコを助け起こして、

「ビスコ」

　静かに尋ねる。

「げほっ、げほ。悪いな。ミロ、やっぱ相手は法術師……」

「僕に言ってないことあるな？」

「んぐ」

　ミロにしてはじとりと湿った声が、相棒の喉を詰まらせる。ビスコの襟首を摑《つか》んで、それこそ猫と顔を合わせるようにしながら、ミロの追及は続く。

「いつものビスコなら、幻術なんて効かないだろ。一体なにを見せられたの？」

「……お、おまえは何を見せられたんだよ」

「は～～!?　なにそれ！」

「お前が言ったら言う！」

「どエロい系のやつ。裸みたいな人がいっぱい出てきた」

「ど、」

「こっち見ろ、ビスコ！」

確かに経験豊富なパンダ医師相手に色仕掛《いろじか》けの幻は効果が薄いであろう。一方のミロはそんなことは気にも留めず、汗に塗《まみ》れた相棒の額に「ごん！」と自らのそれを打ち付けた。

「意志の強さがそのまま きみの強さだ。心の力だけでどんな脅威にも勝ってきた……でも、その心が揺らいじゃったら。僕ら、そこらへんの鼠《ねずみ》にも勝てないよ！」

「んぐう……」

「ぼくがいるんだぞ。」

一言一句、確かめるように、

「だから。どんな、決断を、してもいいんだ、ビスコ」

鼻を突き合わせてミロが言う。

「誰の声も聞くな。きみが決めるんだ！　世界中をキノコで滅ぼしても、僕だけはきみの隣でキレイだねって言ってやる。なにを選んだって、たとえきみに殺されたって！　地獄の底まで、僕はきみについていくっっ!!」

額に伝わるお互いの熱。

翡翠《ひすい》と蒼玉《そうぎょく》、四つの光が……

暗闇の中で向かい合った。蒼玉《そうぎょく》から流れ込む献身の誓いを生命に変えて、惑っていた翡翠《ひすい》の輝きが、だんだんとその力を取り戻す——

そこへ、

「！　ミロ、退《さ》がれッ！」

ひゅばんっ！

何か金色の『矢』のようなものが空を裂いて放たれ、あわや二人を貫かんとして暗闇の床に突き立った。火打石のように放たれる金の光に照らされながら、少年二人は間一髪、そこから跳《す》び退《さ》る。

「ぐすっ。ぐすっ、ぐすん……。」

落涙に、鼻をすする、声。

「なんて心ふるわす、パッショネイトな台詞《せりふ》。猫と産まれたからには、そんな言葉を一度でいいから囁《ささや》かれたいものね」

「こいつは!!」

「不覚にもガキに泣かされたわ。わたくしのアイシャドウ、溶かした罪は重くてよ」

金色の光は……

『矢』の突き立った地面からずわりと広がっていき、やがて暗闇だった広大な大広間を、またたくまに黄金の明かりで包み込んだ。

豪華、絢爛《けんらん》。

出雲《いずも》は金象信《こんぞうしん》の装飾をはるかにしのぐ、絶句必至のきらびやかさ。地下だというのに真昼のような、眼《め》も眩《くら》むばかりの黄金の大広間であった。

「なんだよ、ここは!?」

「趣味わる〜……！」

げえ、とミロが唸《うな》る。

その大広間、奥の玉座と続く赤じゅうたんの左右に、神像がごとき巨大な『招き猫』が一対ずつ立ち並んでおり、まるで生きているかのように、

『ぎろり』

とその猫眼《ねこめ》で一同を睨《にら》みつけている。十体はくだらない数の猫神像に一斉に睨《にら》まれて、少年たちも思わず「「いいっっ……」」と引き気味に固まってしまう。

「オーッホホホホホ……ガキ二人には、ヘブンリィな景色すぎまして？」

玉座で美脚を組み替える、毛並みも露《あら》わな長身の雌猫は、猫摩《びょうま》の大邪仙「甘草月餅《あまくさげっぺい》」その人に間違いあるまい。

ひらり、と手を躍らせると、床に突き刺さった黄金の矢がひらりと抜け、その手のひらの上に引き寄せられてくるくると漂う。

「羊羹《ようかん》のボケは、ハズレを引いたようですわね。将軍自ら乗り込んでくるとはあの黒猫、ドタマの悪さは相変わらず……それでよくまあ、一国の主が務まるもんですの」

「おまえが、甘草月餅《あまくさげっぺい》！」

いきなり御庭番の気風を取り戻して、ミロが決然と言い放つ。

「超信矢《ちょうしんし》の力を間借りして、地獄の壁をよじ登ったな。その矢、返してもらうぞ！」

「誰が地獄にいたってのよこのスカタン。天国から舞い降りたのですわ！　あっだめ血圧上がっちゃいますの。ちょっと、小娘～っ！」

「はあい。甘草《あまくさ》さまあ」

「あええっ⁉」

甘草《あまくさ》がふと背後にかけた声に、少年たちが素っ頓狂な声を上げる。

玉座の後ろからしゃなりと出《い》で、ピンクと黄金のコントラストが眩《まぶ》しい、豪華な打掛け姿に身を包むのは――

「はあい、さそり蜜ケーキですよお。甘草《あまくさ》さま、あ～ん」

「「チロルっっ⁉」」

そのくらげ髪を見違えるわけもない。人間が誇る生命力の権化《ごんげ》・大茶釜《おおちゃがま》チロルのその姿はしかし、すっかり表情を甘草《あまくさ》に蕩《とろ》けさせ、半猫の瞳を心酔させている。

「んむ。もぎゅ、もぎゅ……ん～おいし。人間のくせに、洒落《しゃれ》たモン食ってやがりますの」

「どうしちまったんだ、あいつ⁉」

「チロル！　僕だよ、戻ってきて！」

「甘草《あまくさ》さま、もう一口……」

「もういいわよ、うっとうしい。お茶よこしな、お茶」

「はい！　こちらに」

「けっ、クソのろまな人間ですこと……あっぢゃあああ〜〜っ!!」

甘草月餅《あまくさげっぺい》、手から湯飲みを落とし、舌を真っ赤にして暴れまわる。そして荒い息をつくと、おろおろと困り果てるチロルの横《よこ》っ面《つら》を、思い切り引っぱたいた。

べぢんっっ!!

「ぎゃんっっ！」

「!!」

「カスが。ぬるく淹《い》れろと言ったはずよ」

自身にひれ伏すチロルの手を、甘草《あまくさ》のヒールの踵《かかと》がぎりぎりと踏みにじる。

「い、ぎ、ぎいい……！」

「猫舌という概念をいい加減覚えなッ、この野良《のら》くらげ！」

「あのアマ……！」

それまで呆気《あっけ》に取《と》られていた瞳の奥に、ぐわりと焔《ほのお》を灯《とも》し進み出る、ビスコの眼《め》を。

「あら。羨ましいのかしら？」

高みからじっと見返し、喜悦に歪《ゆが》む、甘草《あまくさ》の双眸《そうぼう》！

「いいわ。あなたもお踏みあそばせ。『超信弓の赤星《あかぼし》』には、その自由がある。強者には強者のことわりがありますの」

「その脚を離せ。誰の、前で！　そんな真似《まね》――」

「自分が誰かわかってねえのはッ！」

ビスコの言葉を咬《か》みつぶすがごとく、猛獣のような甘草《あまくさ》の声が響いた。

「お前のほうだぜ、赤星《あかぼし》ビスコ。アタシはただ、弱肉強食の中で『猫』を生きているだけ。なぜ、強者たるお前が？　強く気高きはやぶさが。弱者の秩序にまとわりつかれて、ひとところに立《た》ち竦《すく》んでいやがるのだ!?」

びりびりびり！　と、場の空気を震わす、甘草《あまくさ》の怒声。

「――わたくしは、自由な男がすきなの」

おほん、と口調を直した甘草《あまくさ》は、改まって妖艶《ようえん》な仕草を取り、

「『猫』におなり」

ビスコへ向かってその手を差し伸べた。

「お前は、人間にしては爪が鋭すぎる。『猫』になって、永久の自由の中をあそぶがよい。この、わたくしとともに……」

「ノミが――」

「あ？」

「――たかったような言い草だぜ」

ビスコは。

甘草《あまくさ》の視線を正面から受け止め、細くなった月のような瞳で、ぎん！　とそれを跳ね返した。口元からは牙が覗《のぞ》き、うっすらと狂暴な笑みすら浮かべている。

「自由も秩序も同じだ。おまえも自由に縛られてる。俺には両方ともいらない……自分の血の中に、祈りが流れていればそれでいい」

「きさま……！」

「ましてや」

ビスコの貌《かお》が「にやぁ」と嗤《わら》い、攻撃的な気配を剝《む》き出《だ》しにする。

「てめえのヒモは御免だ。香水がキツすぎて、鼻が千切れちまう」

「――羊羹《ようかん》と、同じ眼《め》を、しやがる」

べしっ！　とチロル姫をそこらに蹴り飛ばして、

「アタシが、眼《め》をかけて、やったのに……！」

それまでとは桁外れの憤怒《ふんぬ》とともに、甘草《あまくさ》の白い毛皮がゆらゆらと波立った。

「気にいらねえ気にいらねえ、気にいらねえッッ！　アタシが眼《め》をかけてやったのにッッ！　損得勘定のできねえ、ドタマならアッ」

「ミロ、来るぞ！」

「いまここで！　脳味噌《のうみそ》ぶち撒《ま》いたらアア――――ッッ!!」

黄金に閃《ひらめ》く超信矢《ちょうしんし》が法力に応え、少年たちを捉えようと襲い掛かる——

そこへ空中より、名刀・金鍔《きんつば》の鈴が、ちりんと鳴る！

「『瞬《またたび》火剣《けん》、』」

「羊羹《ようかん》さまっっ！」

「『鰤《ぶり》大根』ッッ！」

がぎぃんっっ‼

居合抜きに放った羊羹《ようかん》の刀の一閃《いっせん》が、超信矢《ちょうしんし》の一撃を跳ねとばした。

「でたわね黒いの。クッソ縁起わるいですの」

「月餅《げっぺい》！　その怨恨《えんこん》の牙、ゆえなき人間に向けさせはせぬ！」

「なにを『間に合った……』みたいな、」

宿敵同士の、再会の幕間《まくあい》すらない。

「アタシの方が！　待ってて！　やったんだろうがァッ！」

「成敗ッ！」

ずばっ！　と地を蹴って疾走する羊羹《ようかん》を迎え撃ち、ぱちりと鳴らした甘草《あまくさ》の掌上《しょうじょう》に、黄金色の『矢』が顕現する。

「『瞬《またたび》火剣《けん》』……」

「『猫術《びょうじゅつ》・怨恨七頭《ヘイトフルセブン》』！」

羊羹《ようかん》の瞬火剣《またたびけん》が、空気中の瞬火《またたび》粒子を呼び覚ます……その動きより甘草《あまくさ》が速度で勝った。甘草《あまくさ》の超信矢《ちょうしんし》が中空で満月の軌道を描けば、その軌跡をなぞるように、牙を剝《む》き出《だ》しにした七つの猫の頭が顕現したのである。

(⁉　この術は！)

「喰《く》い破れ！」

甘草《あまくさ》の指示に合わせて、大口を開けた七つの首は、続けざまに羊羹《ようかん》目掛けて喰《く》いかかった。

羊羹《ようかん》は咄嗟《とっさ》に急所を守るも、

『憎し』

『憎しや羊羹《ようかん》』

『妾腹《めかけばら》め』

『喰《く》い殺せ』

(これは、兄上達！)

どがんっ、と、肩口や脚を噛《か》まれて神像に叩《たた》きつけられてしまう。

「ヨーカンッッ！」

「どうして⁉　羊羹《ようかん》さまなら、切り払えたはず……」

「オーホホホホホ！　クッソぬるいですのッ、温室育ちが！」

口元に手を当てて高笑いする甘草《あまくさ》に、再び七つの猫頭が舞い戻り、後光のように回転する。

「こいつらはわたくしに喰《く》われた八ッ《やつ》橋《はし》宗家の後嗣ども。羊羹《ようかん》の七人の兄ですわ。将軍になった弟への憎しみはひとしお……ああ、醜い。なんて醜いのでしょう政治って」

「醜い力だってわかってるなら、一番醜いのは使ってる奴《やつ》じゃねえのか？」

「……はあ――っっっ⁉」

ビスコが何気なく放った一言が、甘草《あまくさ》のプライドの妙なところを突いたらしい。

「み、醜い、ですって。このわたくしが。まさか。聞き間違いですわよね？」

「てめえの心はだな――」

「猫よりブタ寄りだって言ったんだ。ブヒブヒ鳴いてみろ、月餅《げっぺい》！」

「あのミロさん、そこまでは」

「おだまり――――ツッ‼」

白い毛並みを真っ赤に上気させた甘草《あまくさ》は、七つの頭を今度はミロへ向けてくる。

「よし、こっちに来る！　ビスコ！」

「おうッ！」

アイコンタクトで七頭を引き受けたミロの上を跳ねて、ビスコは甘草《あまくさ》を頭上から空襲し、

「くらえぃッ！　俺の筒蛇剣《つつへびけん》ツッ！」

腰の太刀を引き抜いて、甘草《あまくさ》目掛けて降り下ろす！

一方の甘草《あまくさ》、しかし落ち着き払って、

「叫んでりゃ奥義《おうぎ》ってわけじゃねえのわよ」

　がぎぃんっっ！

「！　なにィッ」

　ビスコの振り下ろした太刀は、突如甘草《あまくさ》の頭上に顕現した『小判』の盾によって守られた。甘草《あまくさ》は術式で手が塞がっており、防御術を唱えた様子はない……

「甘草《あまくさ》、さま。おまもり、いたします……」

「チロル!!　おまえっっ」

「nyan《にゃん》 / nyad《にゃだ》 / myaruler《みやるら》 / smyau《すみやう》!」

　チロルの唱える謎の真言《しんごん》に応え、ずぎゅん！　と小判から無数の槍《やり》が飛び出し、ビスコを襲う。ビスコは半猫の柔らかな身体《からだ》をしならせてなんとかそれを躱《かわ》し、かろうじて相棒のところまで飛び退《すさ》った。

「金を自在に……！　チロルの奴《やつ》に、なんであんな法力が!?」

「不思議じゃないよ。お金に関する才能では、人間で一番だもの」

「そういうことかあ〜〜!?」

「わたくしに傷をつけようとしても、この小娘が守りますの。攻守万全、打つ手なし！　ですわね、学なしども。オーッ、ホホホホ………」

　小太刀で七首を払いのけるミロの周囲に、ビスコと羊羹《ようかん》が集まる。

「あの白猫、めちゃめちゃ調子に乗ってるぞ」

「うむ。超信矢《ちょうしんし》のせいであろう、過去とは比較にならぬ強さだ。打つ手はないのか、猫《ねこ》柳《やなぎ》？」

「あるに決まってます！」

ミロはどこかムッとしたような顔で、甘草《あまくさ》を睨《にら》み語気を強める。

「学なしって言ったな。二人はともかく、僕を！」

「無礼じゃね？」

「打ち首ぞ」

「僕とビスコには真言弓《しんごんきゅう》という必殺技があります。でも、撃つまでに隙がある」ミロが言いながら掌《てのひら》を翻《ひるがえ》せば、そこに回転するエメラルドのキューブが顕現する。「七首、チロル、甘草《あまくさ》の攻撃を、その間しのげれば……」

「何秒いるのだ？」

「七秒あれば！」

「では十秒かけろ。しくじるなよ！」

言うが早いか、羊羹《ようかん》は名刀を抜き放ち、甘草《あまくさ》目掛けて単騎で駆けてゆく。

七首が、

『おのれ羊羹《ようかん》』

『めかけばらァ』

怨嗟《えんさ》の声とともに襲い掛かるが、覚悟を決めた羊羹《ようかん》にもはや物の数ではない。

「そういう、卑《いや》しい性根でおるから……」

『跡目ェエエ』

「死して尚《なお》救われぬのだ、愚兄ども！」

すぱん、すぱん、すぱんッッ！

『『ぎゃばっっ‼』』

眼《め》にもとまらぬ羊羹《ようかん》の峰打ちが、咬《か》みかかる七首の眉間を見事に捉える。七首はまるで大酒でも喰《く》らったかのようにふらふらと両目を泳がせ、

『あわわわ　お父上』

『おゆるしを……』

何やら幻覚とともに、ごろごろと地面に落ちて転がってゆく。羊羹《ようかん》はそれに振り返りもせずぎらりと白刃《はくじん》をきらめかせ、

「もはや破國《はこく》の鬼となったお前を放ってはおけぬ。己《お》れの瞬火剣《またたびけん》と、今一度勝負だ、月餅《げっぺい》！」

「あーあー。相変わらずばかでけえ声。クソいまいましいですわ」

とうとうその刃《やいば》でもって、甘草《あまくさ》へ向けて斬り下ろす！

「甘草《あまくさ》さま！『小判盾』っ！」

がぎんっっ！

チロルの猫言《にゃんごん》で食い止められる羊羹《ようかん》の名刀。にやり、と浮いた甘草《あまくさ》の笑みが、新たな術式を繰り出そうとする……

それへ、

「瞬火剣《またたびけん》、『御造り』っ！」

一瞬百斬！　コンマ秒のうちに無数に走った斬撃が、小判の盾を『ばがぁっ』と賽《さい》の目《め》斬りに打ち砕き、甘草《あまくさ》その人に降り注がせた。

「……コッ、この剣力！」

「力を増したのが、お前だけだと思うな！」

「図に乗ってんじゃあねェのわよ――――ッッ!!」

横薙《な》ぎに振り抜く羊羹《ようかん》の白刃《はくじん》に、掌上《しょうじょう》に掲げた『超信矢《ちょうしんし》』が打ち合い、黄金色の火花が飛ぶ。振り抜く三閃《さんせん》、五閃《いっせん》、お互い一歩も譲らぬ打ち合いは、その一合ごとに空間が悲鳴を上げて震えるほどだ。

(力量は互角！)

しかし。

(かつては、月餅《げっぺい》の宝具を己《お》れの『金鍔《きんつば》』が上回った。が――――！)

「この『超信矢《ちょうしんし》』はなァ――――ッッ、羊羹《ようかん》！」

白い毛並みを汗だくにしながらも、牙を剝《む》き出《だ》して甘草《あまくさ》が嗤《わら》う！

「『きのこもり』の行きつく果てが生み出した、奇跡の宝具よ。意志の力に応えて、持ったものののなにもかもを叶《かな》える！」

（刀身が、持たぬ……！）

「てめえのオモチャとは！　モノが違うんだよォォ――――ッ!!」

ばぎいんっっ!!

「ッッ!!」

ついに、超信矢《ちょうしんし》の鏃《やじり》が金鍔《きんつば》の刀身を捉え、真正面からそれを叩《たた》き折った。中空にひらめく刀身を眺めながら、

「アタシの、勝ちだ……！　羊羹《ようかん》！」

甘草《あまくさ》は己の勝利を確信する。

鏃《やじり》の衝撃で宙を大きくすっ飛ばされた羊羹《ようかん》は、壁に立つ猫神像にその身体《からだ》をぶつけ、象の鼻っ柱を砕いた後、ずるずると地面にくずれおちた。

月餅《げっぺい》は、はあはあと息をついて……

はだけた胸元もそのままに、じりじりと倒れた羊羹《ようかん》へ歩を進める。

「……最後の。チャンスを。あげるわ」

それは陶酔か、恍惚《こうこつ》か、あるいは安堵《あんど》か――

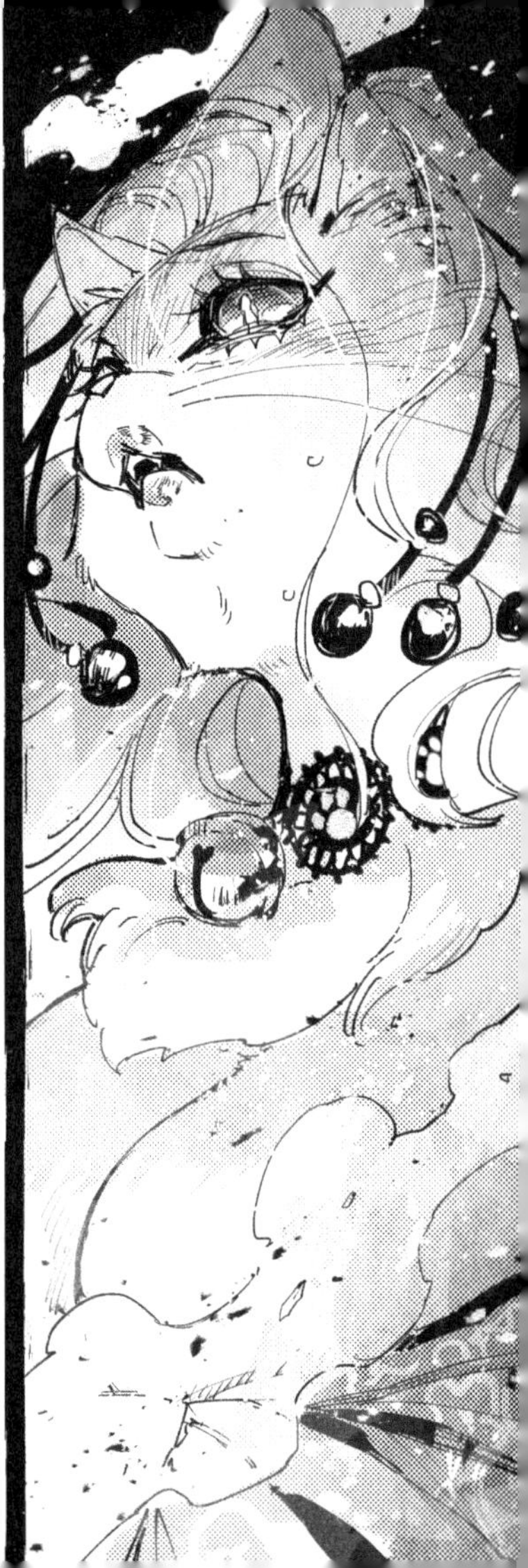

いずれもの入り混じった感情が、月餅《げっぺい》の声を、わずかに震わせる。

「言いなさい。かつてアタシより国を選んだ、自分が愚かだったと」

静かに、交錯する……

黒と白、ふたりの猫の双眸《そうぼう》。

「すべてを認め、服従するなら。わたくしのもとへ、戻ることを、許します」

「…………。」

「いのちが在るように瞬《また》く、本当の猫の世界を創るの。わたくしと、あなたで……」

「この猫摩《びょうま》を。すべての民を滅ぼしてか！」

「ゴミがそんなに大事？」

「……月餅《げっぺい》よ。己《お》れ一人の心力では、まだお前に触れられぬ」

「…………。」

「だが、」

「？」

「今は、一人では、ない！」

言って、ばっ！　と宙に身を翻《ひるがえ》す羊羹《ようかん》。

それを眼《め》で追おうとして……

（なに⁉　何か、猛烈な圧が……！）

そのはるか前方から発せられる人智《じんち》を越えたプレッシャーに、甘草《あまくさ》が戦慄《わなな》く！

「待たせたなアッ、白猫ッッ‼

黄金の眩《まばゆ》さすら凌駕《りようが》する太陽の輝き。ビスコとミロの周囲を漂う錆喰《さびく》いの胞子が、エメラルドの真言弓《しんごんきゆう》をぎらぎらと照らし、引き絞られた鏃《やじり》を一直線に甘草《あまくさ》へ向けている。

「何ィイイッ、ガキどもッッ⁉」」

「必殺！」

「「真言弓《しんごんきゆう》ウゥウ――ッッ‼」」

ばぎゅんっっ！　ライフルが鉄を貫くような炸裂音《さくれつ》とともに、真言弓《しんごんきゆう》の矢が放たれ、コンマ
秒のうちに甘草《あまくさ》の眼前まで届く。

甘草《あまくさ》はその全法力を超信矢《ちようしんし》に結集し、
どぎゅうんッッ！

「ごおっ⁉　があああ――っっ⁉」

まるで超巨大な鈍器で殴られたような衝撃を、その一身に受け止める。エメラルドの矢と黄
金の矢、それぞれが壮絶な衝撃波を発し、周囲の神像を轟音《ごうおん》を立てて薙《な》ぎ倒《たお》してゆく。

（く、くそっ。くそッ！　こ、この程度、この程度‼）

白猫の美しい顔が醜く歪《ゆが》み、滝のような汗が零《こぼ》れる。踏みしめる足は衝撃に引きずられて、

純金の床を爪で大きく抉《えぐ》り取《と》ってゆく。


(幾度も、己の才能を踏みにじられ、地に伏せ涙を舐《な》めた。)

(アタシは甘草月餅《あまくさげっぺい》。)

(自由に選ばれた猫なんだ!)

(この程度の、ことでぇぇッ……!!)

甘草《あまくさ》が操る超信矢《ちょうしんし》が、
渾身《こんしん》の祈りを吸って、じわじわと輝きを増してゆく。

「踏んづけられたまま。死ぬ道理がねえのだッ、」

やがてそれは真言弓《しんごんきゆう》をも上回る、強大な願いの奔流となって――

「『猫』! なめんなアッ! 餓ァア鬼イィどォォもォォ――――ッッ!!」

ばぎいいいんっっ!

「な!」

「なにいッ!」

ついに、極光の輝きに達した超信矢《ちょうしんし》の力は、少年二人の放った真言弓《しんごんきゆう》の矢を弾《はじ》き飛《と》ばした。

弾《はじ》かれたエメラルドの矢は地下深くの黄金宮の天井を貫き、地上まで風穴を開ける。

「はあッ、はあッ、ぜはッ、ぜはッ」

荒い息をつき、膝をつく甘草《あまくさ》。一方で少年たちも全精力を込めて放った矢である、第二矢を放つ余力など残ってはいない。

「僕らの真言弓《しんごんきゅう》が。全力で撃ったのに！」

「白猫を舐《な》めてた」ビスコが荒い息とともに、わずかな感嘆を声に滲《にじ》ませる。

「あいつのギリギリの祈りに、超信矢《ちょうしんし》が呼応したんだ。祈りに応えて世界をまるごと変える矢だ、そうなったら他のどんな力も敵《かな》わない」

「ねえ、何でそんな矢撃ったの!?」

「共犯だろうが!!」

ここ一番、羊羹《ようかん》の動きが素早かった。

羊羹《ようかん》の肉体も限界であったが、真言弓《しんごんきゅう》を弾いた甘草《あまくさ》に、最早《もはや》先ほどまでのスピードがないと踏んだのだ。果たしてその読みは的中しており、

（う、ぐうう……か、身体《からだ》が、動きませんの……！）

脇差を抜いて躍りかかってくる羊羹《ようかん》に、必死で法力を捻《ひね》り出《だ》すも、対応が遅れる。

「月餅《げっぺい》よ！　その修羅の因果、己《お》れが絶ってみせる！」

（おのれええ……！）

絶体絶命の危機に、甘草《あまくさ》は電撃的な閃《ひらめ》きを得る。

横薙《な》ぎに振り抜かれる脇差に向けて、がばっ！　と——

背後に座ったチロルをひっ摑《つか》んで、その首を盾にしたのである。

「何⁉」

一瞬。

「バカが……！」

一瞬、隙ができればそれでよかった。羊羹《ようかん》の脇差はびくりと縮こまるチロル姫の首筋、その寸前でぴたりと止まり……

ずばんっっ！

床から飛来した超信矢《ちょうしんし》によって、羊羹《ようかん》の左腕ごと捥ぎ取られてしまう。

「ふ、」

「ヨーカンっっ‼」

「不覚……」

「怨恨成就《にゃんまいだぶ》」

ひらりと躍る、甘草《あまくさ》の指。

超信矢《ちょうしんし》は中空をびゅんと躍り、撥《は》ね上げられた羊羹《ようかん》の胸を、右腿《みぎもも》をずばんと貫く！

「さようなら。羊羹《ようかん》……。」

ぼぐん、ぼぐんっ‼

黄金のキノコによって跳ね飛ばされた羊羹《ようかん》の身体《からだ》を、

「羊羹《ようかん》さまっっ!!」

必死の跳躍で受け止めるミロ。稀《き》代《だい》の剣豪・八《や》ッ《つ》橋羊羹《はしようかん》にすでに意識はなく、ただゴロゴロと喉を鳴らすばかりだ。

「そんな、腕が！　羊羹《ようかん》さま、羊羹《ようかん》さま——っ!!」

「しっかりしろ！　くそ、胸に穴が……ミロ、俺の血を使え！」

「オホホホホホ。あ————っ、はははははァ!!　甘い甘い、クソ甘いッ。小娘一人に剣が鈍るなんて。名前通りにトゥー・スウィートですわァーッ」

甘草《あまくさ》は片手で額の汗を拭い、高らかに笑い声を上げる。

「瞬《またたび》火剣《けん》・羊羹《ようかん》の左腕か。本当は本体まるまる欲しかったけど……ま、供物《くもつ》に使うには充分ですわね」

「供物《くもつ》だと……!?」

「お喜びあそばせ、ガキども」

すっかり余裕を取り戻した甘草月餅《あまくさげっぺい》は、片腕に抱かれておびえ切ったチロルの喉笛を爪でかりかりと引《ひ》っ掻《か》き、血の滴《したた》る羊羹《ようかん》の腕に「んーちゅっ」と口づけをする。

「この超《ちょう》信矢《しんし》に力が満ちれば、わたくしの悲願は叶《かな》い……人間や猫の区別なく、生物はすべて溶け合ってひとつの鬼ノ子《きのこ》になる。言ってる意味がおわかりかしら？」

「生命体をひとつの菌床にしようってのか⁉」

「そんなのが救済だなんて、おまえのエゴだぞ！」

「理解が早すぎですわ」

甘草《あまくさ》は梯子《はしご》を外されて呆《あき》れるやら気分を害すやら、

「わかりやすく二行でまとめんなや。ここは、わたくしが！　野望なりその哀《かな》しきバックボーンを、もったいぶって語るところでしょうがァ――ッッ‼」

「「うわアッツ」」

怒りに任せて超信矢《ちょうしんし》を躍らせ、咄嗟《とっさ》に飛び避ける二人の背後に突き立たせた。ぼぐんっっ！　と黄金のキノコが床から弾《はじ》け、羊羹《ようかん》を抱いたミロを中空に躍らせる。

「しまった！」

「暗転入滅《にゃんまいだァ》」

ひらりと方向を変えた超信矢《ちょうしんし》が、今度こそミロと羊羹《ようかん》をまとめて貫く――

その直前！

「ちぇぇえええすとおお――――っっ‼」

「「⁉」」

「またたび剣！『水車』っっ！」

ばぎぃんっっっ‼

背後の頭上、凄《すさ》まじい勢いで大太刀が振り下ろされるのを、超信矢《ちようしんし》を戻した甘草《あまくさ》が間一髪で受け止める。

突如その場に切り込んだのは、一匹の老猫侍……

真言弓《しんごんきゆう》が貫いた大穴を転げ下り、その勢いをそのままに甘草《あまくさ》に躍りかかったのである。

「悪仙・甘草《あまくさ》！　上様を、にゃらせはせんぞォッ」

「なァにィィッ」

少年二人も目を見張った。額に決死の鉢金を結び、その小柄な身体《からだ》で大太刀を操るのは、将軍お抱えの老チンチラ・老中柴舟《しばふね》に間違いない。

「こ、この老いぼれ猫ッ、まだ生きてやが」

「またたびけんっ」

柴舟《しばふね》、先まで伏せっていたとは思えぬ身のこなしで身体《からだ》を捩《よじ》り、

『鯉《こい》往生』――――ッッ!!」

しゅばんっっ!!

下から斬り上げる斬撃で、とうとう甘草《あまくさ》の顔面を捉えた！

「ぐうああ――――――っっ!?!?!?」

噴き出す鮮血！

すでに度重なる法力の酷使で超《ちよう》信矢《しんし》の動きが遅れたとはいえ、大殿を守る老チンチラの一

撃がついにその半面を捉えたのだ。左目を引き裂かれて悶絶《もんぜつ》する甘草《あまくさ》を飛び越えて、柴舟《しばふね》はドウと床に倒れ込む。

「じじいっっ!!」

「あ、あかぼし。上様は、上様はご無事か……」

「ご家老！　羊羹《ようかん》さまはまだ助かります。必ず助けます！」

「おお、おいたわしや、上様。この柴舟《しばふね》が、不甲斐《ふがい》ないばかりに……」

柴舟《しばふね》は眼《め》を閉じた羊羹《ようかん》を見て涙を一杯に溜《た》め、主の首元にその鼻を静かに摺《す》り寄せた。老猫侍の脳裏に、かつての日々が蘇《よみがえ》ってくる。

(爺《じい》。どうだ、おれの瞬《またたび》火剣《けん》をみよ！)

(馬駆けは爺《じい》の勝ちか。いやだ、もう一勝負せねば、戻らぬ！)

(かように大仰な着物……そうか、元服、か)

(今日も、親父《おやじ》殿は会いに来てはくださらぬか。……やはり、おれの黒い毛色は、親父《おやじ》どのには可愛《かわい》くないのであろうか……)

(弱気を仰《おお》せになられますな。)

(たとえ、猫摩《びょうま》のいかなる猫が、若さまを蔑《ないがし》ろにしても、)

（この爺《じい》がおります。）

（この爺《じい》が、いつなんどきも、かならずそばにおりまするぞ……。）

溢《あふ》れ出《だ》す涙が、数秒の間、黒く艶《つや》やかな毛並みを濡《ぬ》らし……

そして、きっぱりと涙を切った老チンチラは、少年たちの眼差《まなざ》しを正面から見据え、サムライの声で言い放った。

「上様をたのむ。この柴舟《しばふね》の魂、必ず共にあるとお伝えしてくれ」

「何言ってんだじじい！　お前も引き上げるんだよ！」

「わかっていた。御止めするべきであった。『上様では、絶対に甘草《あまくさ》は斬れぬ』！」

「「ええっ⁉」」

羊羹《ようかん》に心酔しているはずの老中、柴舟《しばふね》の意外な言葉に、少年たちも思わず声を上げた。

「甘草月餅《あまくさげっぺい》は、かつての羊羹《ようかん》さまの、正妻、なのだ！」

絶句する少年たち。

柴舟《しばふね》は時間が惜しいとばかりに、言葉を続ける。

「殿中の政治が。秩序が。心優しき二人の夫婦を引き裂いた。邪《よこしま》に墜《お》ちたとはいえ愛した妻、己の瞬《またたび》火剣《けん》にて救ってやりたいと、上様は――」

「べらべらとォッ！　くっちゃべってんじゃァ、ねぇえ――――ッッ‼」

びゅんッ！　と飛んでくる超信矢《ちょうしんし》を、

「ちぇえにゃアッツ‼」

柴舟《しばふね》の剣が弾《はじ》く！　はたして老体のどこにそんな力があったものか。いや、今や柴舟《しばふね》の身体《からだ》は火のように燃える瞬火《またたび》の粒子に覆われ、意志と命を媒介として、ここを最期《さいご》と尋常ならざる剣力を発揮しているのだ。

「猫のたそがれに、にんげんが落ちてきた。これも、猫招天《びょうしょうてん》の導きか……がはっ！」

喀血《かっけつ》！　喉を伝う鮮血を、決意の肉球が拭う！

「如何《いか》なる結末も恨まぬ。にんげんの子ら！　猫摩《びょうま》の命運、お主らに預けたぞ！」

「ご家老っ！」

「ゆけいっ！」

柴舟《しばふね》は甘草《あまくさ》へ跳びかかりざま、黄金宮の天井にずばんと剣閃《けんせん》を走らせ、どどどっ、と崩落する天井で追ってくるビスコたちの道を塞いだ。

「甘草《あまくさ》！　わしのまたたびけん、うけてみよ！」

「この期に及んで、邪魔するか！　老いぼれェェ――――ッツ！」

「ミロ、どけ！　シメジで岩を退《ど》ける！」

「……退《ひ》こう、ビスコ。今は勝てない」

「ミロ⁉」

「いまわかった。偶然が彼女に力を与えたんじゃない。彼女が甘草月餅《あまくさげっぺい》だったから、そこに超信矢《ちょうしんし》が刺さったんだ！」

ミロはビスコと正面から眼《め》を合わせ、その星のような眼《め》をぱちぱちと瞬《しばたた》く。

「彼女の極限の飢餓が超信弓を寄せた。勝ちたい。奪いたい。解き放たれたい。きみの『信仰』より前の地点に甘草《あまくさ》はいる。大局的に見れば勝つのはビスコだ。でも、」

「……刹那を、ぶつけ合ったら、負けるか……！」

「羊羹《ようかん》さまに、教えを請《こ》わないと」

羊羹《ようかん》を背に抱え直し、ミロが頷《うなず》いた。

「世界で一番、甘草《あまくさ》と向き合ったのはこの人だ。必ず助ける！」

「わかったッ！」

崩落してゆく黄金宮を引き返し、羊羹《ようかん》を抱いて駆けてゆく二人の少年。それを生き埋めにするがごとく、洞窟のトンネルは凄《すさ》まじい勢いで崩落してくる。

「足二つじゃだめだ。ミロ。乗れ！」

「重くない⁉」

「俺を誰だと思ってんだよォ！」

半猫のビスコは咄嗟《とっさ》に四つ足になり、背中に羊羹《ようかん》を抱くミロを乗せて素晴らしい速さで駆けていった。甘草《あまくさ》の根城であった地下黄金宮が完全に埋没するまで、逃げ始めてからものの五分もかからなかった。

7

ごごごごご……

　地響きである。

　無意識下に響く『大魔鈴《だいまれい》』の音波から解放され、心安らかな眠りを享受していたはずの猫《びょう》摩《ま》国《こく》は、大きな揺れに無遠慮にたたき起こされた。

「にゃんだあにゃんだ」

「地震だわ」

「天変地異だ」

　とりわけ天災が少ないこの猫摩国《びょうまこく》であるから、猫たちの慌てぶりもひとしおであった。呉服屋・煎餅《せんべい》はすわ何事かと転がるように床から表通りへ出《い》でて、

「おう、五平《ごへい》。何事だい！」

「煎餅《せんべい》の旦那。もうだめだ。この猫摩《びょうま》はおしめえだよ」

「にゃあにを地震くれえで大袈裟《おおげさ》な。しかし家が倒れちゃ危ない、皆を逃がして――」

「お城の様子がおかしいんでさ。ああっ、ほら！」

　町猫の指さす、その方向を見やれば。

城下から見上げる猫摩《びょうま》城が、大気の震えを感じ取るようにぐらぐらと揺れ、地表からなにやら黄金色の光を発しているのが見て取れた。「ありゃあ、にゃにごと……⁉」と、煎餅《せんべい》が思わず目を奪われた瞬間、

ぼっ、ぐんっっ‼

くぐもった破裂音がして、猫摩《びょうま》城が大きく「持ち上がる」。間をおかず、どかんっ、どかんっ、と左右の城壁が破られれば、そこから巨大な二本の腕がヌウと飛び出し、「顔」にあたる部分の城壁をべりべりとこそげ取った。

『ずっどどどーーーん‼』

叫んだのは「城」そのものである。

内側を巨大な黄金のキノコで喰《く》い破られた猫摩《びょうま》城は、その外観をまるごと菌糸で侵食され、単眼二腕二足の「鬼ノ子《きのこ》城」として新たに顕現したのであった。

『やったるじゃーーーーん‼』

「うわあっ。ありゃ、鬼ノ子《きのこ》だ。鬼ノ子《きのこ》が、お城を喰《く》っちまった！」

「見ろ。あそこに人影が！」

ふわり、と……

黄金に輝く鬼ノ子《きのこ》城の眼前に浮き、城下を見下ろす二つの影。

「オーッホホホホホ……」

超信矢《ちょうしんし》をひらひらと弄ぶ邪仙・甘草月餅《あまくさげつぺい》は、背後に控えたチロル姫より注がれた酒をぐいと呷《あお》り、盃《さかずき》をそこらに投げ捨てた。

「猫どものあの慌てよう。クソみじめったらありませんわ。オホホ……」

「おほほ」

「おだまり！　アンタが笑ってんじゃないわよ！」

「例のもの、こちらに」

チロル姫の差し出すそれにフンと鼻を鳴らして、強引にひったくる甘草《あまくさ》。紫の布をゆっくりと剝げば、その中から瞬《またたび》火剣《けん》・羊羹《ようかん》の左腕が現れる。

「民を護《まも》るべきこの腕が、猫摩《びようま》の終わりを担《にな》う皮肉」

甘草《あまくさ》、前方中空に羊羹《ようかん》の腕を放り投げ、

「ようくご覧なさい。ファビュラス・アクション！」

くるりと躍らせた超信矢《ちょうしんし》を奔《はし》らせ、それを撃ち抜く！

ずばぐんっ！

閃光《せんこう》が羊羹《ようかん》の腕に触れた瞬間、それは金色の炸裂《さくれつ》となって猫摩《びようま》全体の眼《め》をくらまし、次の瞬間、中空に巨大な……

黄金の『鐘』を顕現させていた。

「『大魔鐘《だいましよう》』顕現！　どじゃーん！　こいつの音波は鈴の比じゃないですわよ」

「げっぺー様。みみせんを生成しました、お使いください」

「あらなにあなた気が利《き》きますわね……って硬いっ！　なにコレ⁉」

「純金ですけどぉ」

「耳栓まで純金ってバカみたいじゃない。悪趣味ですわ」

（おめーが言うな）

甘草《あまくさ》はぶつくさ文句を垂れながら、それでも耳に耳栓をねじ込むと、

「猫摩《びょうま》の猫ども！」

声高に猫の民たちへ向け言い放った。

「時は来たれり。この甘草月餅《あまくさげっぺい》、万猫等しく救済の音を響かせよう！」

『う　お　お　お　お』

背後の鬼ノ子《きのこ》城が、甘草《あまくさ》の結ぶ印に猛《たけ》り狂《くる》い、その巨大な腕を大きく振りかぶる！

「福音。鳴鐘！」

ごううんっっ！

鬼ノ子《きのこ》城の右ストレートが大魔鐘《だいましょう》に炸裂《さくれつ》すると、大地をめくりあげるような音波の波が周囲を走り、城下の家々の屋根を吹き飛ばす。

「うわああ――っっ、こ、この音は！」

「五平《ごへい》！　だめだ、この音を聞いちゃなんねえ」呉服屋・煎餅《せんべい》は、襲い来る音波に毛並みを逆

立てながら、必死に声を張る。「魔誕子《またんご》の鐘の音だ！　みんなは、これで鬼ノ子《きのこ》に……！」

「と……とろけるみてえな音色だあ〜〜っ」

ぎょっ、と驚く煎餅《せんべい》の眼前で、五平《ごへい》は言葉通りの恍惚《こうこつ》とした表情を見せる。

「悩みも、苦しみも、溶けてなくなっちまうみてえだ。魔誕子《またんご》の教えは本当だっただ。浮世の辛《つら》さがこんないっぺんに消えちまうなら……おいら、鬼ノ子《きのこ》になってもええだ〜っ」

「馬鹿言うないっ！　しっかりしろ、五平《ごへい》！　おい……！」

「お、おぼぼあ〜〜っ⁉」

ぼぐんっっ‼

必死に肩を揺する煎餅《せんべい》を撥《は》ねのけて、五平《ごへい》が黄金色に炸裂《さくれつ》した。目元の胞子を拭い取り、ようやく目を開けた煎餅《せんべい》の眼前で、

「ずっどどど――んっ！」

「ご、五平《ごへい》っ！」

新たな鬼ノ子《きのこ》が産声《うぶごえ》を上げる。五平《ごへい》だけではない、いまや猫摩《びょうま》の城下すべてが吹き荒れる大魔鐘《だいましょう》の福音に晒《さら》され、次々と猫から鬼ノ子《きのこ》へと変貌していっている。

「きのこっのっこーのこ」

「全智の徒」

「こいつ。耳をふさいでいるぞ」

「ゆるせませんなあ」

「やめろ――っっ。五平《ごへい》、正気に戻るんだ――っ！」

「くすぐってはどうか」

「うむ」

「「「こちょこちょこちょ」」」

「にゃはははは⁉　やめっ！　あっ」

ぼぐんっっ！

「ずっどどどん！」

「はい」

「つぎ」

…………。

その後も、鬼ノ子《きのこ》城による魔鐘の音は鳴りやむことなく。

とうとう大邪仙・甘草《あまくさ》のその奸計《かんけい》は成就《じょうじゅ》し、猫摩《びょうま》国《こく》そのものが鬼ノ子《きのこ》の魔道に墜《お》ちてしまった。黄金に光る城下の空に、甘草《あまくさ》の高笑いが朗々と響いていた――。

「なんてことを……！」

薬草を摘み、戻る道中。

山道の崖上から有様《ありさま》を眺めるミロが、その光景に歯噛《はが》みする。

「超信矢《ちょうしんし》の習熟度が格段に上がってる。自分で言うだけあって、本当に天才なんだ」

「でも、なんか幸せそうじゃないか？　キノコはキノコで」

「呑気《のんき》なこと言わないで！」

相棒に怒鳴られて、ビスコがびくりと猫耳をすくめる。

「猫摩国《びょうまこく》が陥落したら、つぎは人間が狙われるよ。ここで僕らが止めなきゃ！」

「わかったわかった！　模範解答がよ〜」

「方法は二つ。こっちも、超信弓《ちょうしんきゅう》をもう一回撃つか……」

「もう撃てない」

ビスコは牙をかりかりと掻《か》き、いまいましげに鬼ノ子《きのこ》城を眺める。

「撃てたとしてもダメだ。超信力が二つぶつかり合ったら、世界がひしゃげちまう」

「あるいは、猫の手を借りるか？」

「うん」

ミロの言葉に短く頷《うなず》き、

「あのお殿様、絶対に必殺技を隠してるはずだ。行くぞ」

城下に見切りをつけて山道を駆け下るビスコを、ミロもすばやく追う。ビスコは半猫の身体《からだ》にすっかり慣れたのか四つ足が常になっていて、その速度には身軽なミロも追いつくのに一苦労だ。

岸壁に蓋してある、岩戸をごろごろと転がすと……

「ヨーカン！　待たせたな」

「こらっ！　まだ寝てるってば」

水滴滴《したた》る洞穴が姿を現し、その中には、八代将軍・羊羹《ようかん》がその逞《たくま》しい身体《からだ》を横たえている。

眼《め》を開けている。

「起きてんじゃん」

「羊羹《ようかん》さま！　よかった、眼《め》を覚まされましたか」

ミロがその身に駆け寄り、額に触れて熱を測る。

「……………すごい治癒力。大丈夫です、この分ならひと月もあれば」

「己《お》れは、負けたのだな」

身体《からだ》を起こそうとし、ぐ、と顔をしかめる羊羹《ようかん》を、慌ててミロが制する。

「羊羹《ようかん》さま！」

「身体《からだ》は動くようだ。胸を、貫かれたと思ったが。己《お》れは何故《なぜ》生きておる？」

「ヨーカンの意志力が超信矢《ちょうしんし》の力を逆に吸ったのさ。傷を見せてやれよ」

ミロはひとつ頷《うなず》いて、羊羹《ようかん》の胸元を覆う包帯を静かに解いた。するとその下から、ぽかりと羊羹《ようかん》の肉体に空いた穴……そしてそれを塞ぐように張り巡らされた、黄金の菌糸の輝きが眼《め》に飛び込んでくる。

「……菌が、己《お》れの身体《からだ》を……」

「羊羹《ようかん》さまの意志力が、胞子を味方につけたんです」

ミロは嬉《うれ》しそうに言い……やがて、羊羹《ようかん》の視線の移る先を眼《め》で追って、表情を曇らせる。

「ただ、お腕のほうは……」

「そうか」

羊羹《ようかん》が言い、眼《め》を閉じる。

猫摩《びょうま》の国に比類なきその剣力を支えたのは、その実、利《き》き腕《うで》ではない。一刀を防がせて後の左爪の一撃あればこそ、瞬火剣《またたびけん》は必殺の剣たりえたのである。

断面の傷こそ、菌糸で塞がってはいたが……

今や羊羹《ようかん》の左腕は、肘から先を寸断されてしまっている。

「どうやら己《お》れの瞬火剣《またたびけん》は、折れてしまった」

「そんなことないっ、すぐ元のように動けるようになりますよ！　義手だって、地上から出来のいいものを届ければ……」

「…………。」

懸命に羊羹《ようかん》を励ます相棒を見ながら、ビスコは内実、それが羊羹《ようかん》にとって残酷な励ましであることをわかっている。

体内に巡る気、生命力の流れを見つめ、それと対話することで発揮されるのがいわゆる「奥《おう》義《ぎ》」というもの。瞬《また》火剣《たびけん》とキノコ守り弓術のそれは似通っており、だからこそ、片腕をもがれた身体《からだ》が容易に持ち直せるものではない。

（とはいえだ……）

ビスコは唇を噛《か》んだ。

（ここで弱気になられちゃ困る。月餅《げっぺい》の超信矢《ちょうしんし》を破るには、）

「矢張り、瞬《また》火剣《たびけん》しかない」

意外なほど決然と響いた羊羹《ようかん》の声に、少年たちはカウンターをあてられてしばし固まった。

「負けておいて何だが、あの時、瞬《また》火剣《たびけん》が甘草《あまくさ》を捉える確信を得た。淀《よど》みのない真の瞬《また》火剣《たびけん》をぶつければ、その刃が必ず甘草《あまくさ》を上回る」

「解《わか》ってりゃ話が早いぜ。行くぞ！　あのデカブツは俺達が……」

「ちょおっ、バカバカ無茶言うなよっ‼　胸に大穴が空いてるのに！」

「口惜《くや》しいが赤星《あかぼし》。今の己《お》れに最早《もはや》、瞬《また》火《たび》は味方せぬ」羊羹《ようかん》は苦痛に顔を歪《ゆが》めながら半身を起こし、それでも双眸《そうぼう》を光らせて言った。「甘草《あまくさ》を斬るには、己《お》れ以上に腕のある剣客が、瞬《また》火剣《たびけん》を用いねばならぬ」

「羊羹《ようかん》さまより強い剣士なんて、この国に居るんですか⁉」

「居《お》らぬ」

「あのさあ‼」」

「今は、だ」

羊羹《ようかん》の紅《あか》い瞳の輝きは、

「時間がない。この夜明けから夕暮れまでの間に、瞬火剣《またたびけん》の奥義《おうぎ》、その伝承者を育て上げなければならん。そして奥義《おうぎ》習得の素質を持つのは、己《お》れの知る限り、ただ一人」

目の前のミロからゆっくりビスコへと移り――

「赤星《あかぼし》。お前に、我が瞬火剣《またたびけん》の全てを伝授する。覚悟はよいな」

「……いぇぇえっっ⁉　お、俺⁉」

「そうか……ビスコが、羊羹《ようかん》さまの技を！」

「バカバカバカ！　そうか、じゃァねえんだよッ」相棒のポニーテールをひっ摑《つか》んで、ビスコが耳元で吼《ほ》える。「この二本差しは飾りだ、俺は刀の扱い方なんか！」

「刀など飾りで構わぬ。武器が欲しければ、両手両足に無双の爪があろう」

言われるままに両手を見る。半猫となったビスコの両手には、確かに岩をも引き裂くほどの強靭《きょうじん》な爪が生えそろっている。

「己《お》れ、いや、余にも民を護《まも》る使命こそあれば、手加減はできぬ。……ふむ、それとも怖気《おじけ》づいたか？　得意の弓でなければ、勝負には乗らぬと申すのだな」

「！　てめえ……」

「キノコ守りだなんだと言うわりに、度量の小さい。かように異文化を恐れて引きこもっていては、滅び去るのも時間の問題であろうな……」

「言ったかヨーカンッ、てめえコラァッ！」

ビスコ、牙を剝《む》き出《だ》しにして、大将軍に摑《つか》みかかる！

「上等だぜ。喧嘩《けんか》は売らずとも買うのがキノコ守りだッ、そこまで言うなら受けてやる！　怪《け》我人《がにん》だからって容赦しねえからな！」

「受ける、と言ったな？」

「くどいぞ、ねこッ‼」

「重畳」

羊羹《ようかん》、真剣な表情から一変、にやりと笑い、
ばごんっっ‼

眼《め》にもとまらぬ頭突きを、ビスコの眉間目掛けて打ち付けた！　それはまさしくまばたきひとつの間に行われ、ミロの目線を通してみれば、まさしく一瞬のうちにビスコが昏倒《こんとう》していたという風にしか映らなかっただろう。

「⁉⁉⁉　な、なにを、羊羹《ようかん》さま⁉」

「瞬《またたび》火剣《けん》『カナガシラ』。殺気を消す頭突きの技ゆえ、赤星《あかぼし》にも避けようがあるまい」

「そうじゃなくてっっ！　今、剣を教えるって言ったばっかりでっ」

「これこれ起こすな。その下準備をしたのだ」

羊羹《ようかん》はミロを制しながゆっくりと気絶したビスコを覗《のぞ》き込み、気を集中して周囲の瞬《またたび》火粒子を呼び起こす。瞬《またたび》火の粒子は羊羹《ようかん》の意志に呼応し、ちかちかと赤く瞬《また》きながら、ビスコの猫耳の中にするすると潜り込んでいく。

「いかに赤星《あかぼし》に素質ありとはいえ、現実時間の一昼夜で身に着く瞬《またたび》火剣《けん》ではない。これより先の修行は、赤星《あかぼし》と己《お》れの『夢の中』で行う」

「夢の中で、修行を⁉」

「瞬《またたび》火剣《けん》『幻魚鍛《げんげたん》』の奥義《おうぎ》なり。およそ半日の修行なら、半年を鍛錬したと同じ効果が得られよう。しかしその間、当然ながら……」

羊羹《ようかん》が向ける視線に、ミロも瞬間的にその意志を察する。

「二人は無防備になる？」

「うむ」

岩屋から遠く黄金の光を見つめる羊羹《ようかん》。朝焼けの光に後押しされるように、鬼ノ子《きのこ》城はずんずんと歩いて猫摩《びようま》城下を踏みつぶし、どうやらこちらへ向かってくる。

「己《お》れを狙ってきている。居所を嗅ぎつけられるのもそう遠い話ではない。我らを護《まも》る者がなくば、為《な》すすべもなく二人とも踏みつぶされよう」

「任せてください、羊羹《ようかん》さま！」

無茶な使命を言いよどむ羊羹《ようかん》へ向けて、ミロが大きく声を張る。

「僕が甘草《あまくさ》とアレを引き寄せます。二人の邪魔はさせない」

「無理を言っているのはわかっているのだ。甘草《あまくさ》だけではなく、あのチロル姫なる人間にも相当な法力がある……三体がかりでは、いかにお前といえど」

「羊羹《ようかん》さまは、僕を侮《あなど》ってますね」

それまで驚いてばかりだったミロの表情が、羊羹《ようかん》の前できらりと余裕の笑みに輝いた。

「無茶な仕事じゃないですよ、僕にはもうシナリオが見えてる。『猫』にはなくて『人間』にだけあるもの、それを使うんです」

「ふむ、それは何だ？」

「学歴ですね」

自信満々の物言い。ややぽかんとする羊羹《ようかん》に、ミロは追って言う。

「倒すのは無理でも、あやすのは任せて。伊達《だて》に『猫柳《ねこやなぎ》』ミロじゃないですよ！」

＊＊＊

ぽちゃん。

ひとつ、雨だれが……

自分の鼻先に垂れ、まどろみかけていた意識を不意に呼び戻した。

身体《からだ》中が、
ぎしぎしと、割れるように痛い。

（…………なんだこりゃ。動け、ない？）

頬に触れる湿った土の感触。どこかの路地裏であるらしい。

ビスコは身体《からだ》の痛みをどこか他人事《ひとごと》のように感じながらも、首だけをなんとか動かし、曇った空を仰ぎ見た。

「…………おっ、親方。この小娘……！」

視界の端に居た役人らしき装《よそお》いの雄猫が、ビスコの視線にびくりとたじろぐ。

「生きております。こっちを見やがった」

「まだ、息があるか」

親方、と呼ばれたのは、下町に似合わぬ身なりの町方同心であり、倒れたビスコの周囲を囲む役人は、どうやらこの雄の配下であるらしい。

「猫摩《びょうま》のダニが。喰《く》いつめ盗人《ぬすっと》のくせ、しぶとさだけは一猫前と見える」

「危なく殺しちまうとこでした。親方、はやいとこ医者に……」

「寝惚《ねぼ》けたことを抜かすな」

同心は冷酷な物言いで部下たちを一喝し、冷ややかな視線をビスコに向ける。

「ここまで打ち据えた身体《からだ》を医者になど運んでみろ。我らが外道の誹《そし》りを受けるではないか」

「し、しかし、まだ子供……」

「その者、我らの隙をつき、刃物を奪いたるゆえ──已《や》むに已《や》まれず斬り捨て候」

同心の物言いに、役人たちは絶句し、返す言葉を失う。

「奉行にはそう申し上げる。殺《や》れ」

(寝惚《ねぼ》けた、ことを、抜かしやがるのは……！)

ビスコは身体《からだ》に徐々に力を漲《みなぎ》らせ、その爪でもって周囲の役人を薙《な》ぎ払《はら》おうと、乱れがちだった精神を集中させていく。

(てめえだぜッ。後悔しやがれ！)

「そこで、何をしている！」

(んお？)

路地の入口から、矢のような声が飛んだ。

その先に凜《りん》と佇《たたず》むのは……

全身を黒い毛並みに包んだ、瑞々《みずみず》しい瞳の若侍である。

(……ヨーカン？)

「なんだア、このガキィ」

役人がずかずかと同心の前に出る。その言葉通り、ビスコの知る羊羹《ようかん》の風貌からは、圧倒的に若く見える。

「黒猫ふぜいが、同心様のお捕り物の邪魔をするか。お前もしょっぴかれたいか」

「相手は年端《としは》もいかぬ女子と見受ける。飢えをしのぐ魚一匹のあやまちを、何故《なぜ》許せぬ？　それが町方同心のやることか」

「金百両も魚一匹も、盗人《ぬすっと》には変わりねえ！」

ずらり、と腰の刀を一斉に抜き放つ役人たち。

「猫摩《びょうま》の秩序の前には！　いかなる自由も捨ておかれぬのだ！」

「抜いたか。愚かな……！」

役人の怒気に充《あ》てられ、羊羹《ようかん》が腰に輝く名刀・金鍔《きんつば》に手をかける。その輝きを見た瞬間、それまでほくそえんでいた同心の表情が、

「……あ、あの刀は！」

はっ、と変わった。

「ま、まてまてまて！　ものども控えよ。馬鹿者、早く刀を納めよ！」

「「へえっ⁉」」

「その輝く金の鍔《つば》は、八《や》ツ《つ》橋《はし》将軍家の証《あかし》っ。後嗣、八《や》ツ《つ》橋羊羹《はしようかん》さまに間違いないっ」

同心がひれ伏したのを見て、手下どもも「何やらとんでもないお方」だというのがわかったらしく、同様に無様に頭《こうべ》を垂れる。

「た、ただいまこの娘を、医者まで連れ参ろうとしていたところで。この者らまったく加減を知らず、まことご無礼を――」

「もうよい。散れ」

「あの。このこと、落雁《らくがん》将軍には……」

「散らぬか‼」

黒猫の一喝に「ヒャア」と恐れをなした暴力町方の一行は、我先にとその脇をすりぬけて、顔を隠しながら猫《びよう》摩《ま》の街へ逃げ出していった。

ややあって……

羊羹《ようかん》は静かに倒れたビスコに歩み寄り、土に膝をついて、その眼前に顔を寄せた。

「なんと惨《むご》い。待っていろ、今手当をしてやる」

「待って、いやがれ……」

熱にうかされたような……

「アタシは、自由に、なるんだ。こんな、監獄みたいな人生から……」

女の声が出た。それが自分の身体《からだ》から発せられたものであることに、ビスコはしばらく気が付かなかった。

「みんなが羨む、金ぴかの世界に。アタシは……」

「喋《しやべ》るな。傷が開く……よし、骨は継いだ。いそぎ屋敷《やしき》へ戻り、医者にかけねば」

羊羹《ようかん》の背中に背負われて、「ウ」と短い悲鳴が出た。

「痛むか？」

「うる、せえ……」

「よし、その意気だ。お主、名前は？」

「アタシ、は、」

こいつには、
名乗ってもいい……というような、不思議な気持ちを、ビスコの精神は感じた。

「月餅《げっぺい》。甘草月餅《あまくさげっぺい》……」

「月餅《げっぺい》。しばらくは屋敷《やしき》で養生してもらうぞ。気にいらねば、好きなときに出て行け」

ぴいーっ、と羊羹《ようかん》の指笛が愛馬ホクサイを呼び、羊羹《ようかん》は月餅《げっぺい》を背負ったまま器用にそれに飛び乗った。

風のように走るホクサイの背に揺られながら、ビスコは、

（アマクサ、ゲッペイ）

自分が名乗った名前を反芻《はんすう》し、「うーむ」と精神の中で首を捻《ひね》った。

（俺は今、月餅《げっぺい》の中にいるのか。なるほど、そういうこともあろう）

そういうこともあろう、とは、
赤星《あかぼし》ビスコ、なかなか達観したものである。

ただ、

（猫とはいえ。女の身体《からだ》の中に入るってのは、こう……）

どうにも居心地の悪さは拭えないのだが、ものごとが何かの核心に近づくときのビスコ特有の直感が、ビスコをそこに落ち着かせていた。

ひとつ深呼吸、瞑想《めいそう》をし……

ビスコは甘草月餅《あまくさげっぺい》の過去と向き合い、その心の内側に、ゆっくりと潜り込んでいった。

8

『ずっどどどーーん！』

猫摩《びょうま》の城下町を、のしのしと踏みつぶしながら歩く、単眼の鬼ノ子《きのこ》城の威容！

城下の猫は軒並み、大魔鐘《だいましょう》の音波によって鬼ノ子《きのこ》にされてしまっているゆえに、もはや悲鳴を上げるものの一匹もおらぬ。

それどころか、

「やんや　やんや」

「ずっどどどん！」

「あぶねっ」

「でかくね？」

「は？」

「踊ろう」

その行進に合わせてごちょごちょと足元に群がった鬼ノ子《きのこ》たちが、お祭り気分で変な踊りを踊るばかりだ。

邪仙・甘草月餅《あまくさげっぺい》、鬼ノ子《きのこ》城のしゃちほこを枕替わりにこれを見下ろしながら、

「んんもう、うるさ——い！　眠れないですのっ！」

フニャアと大口を開けて欠伸《あくび》をしてみせる。

夜型猫の甘草《あまくさ》にしてみれば、日中の今は睡眠をとって仙力を回復したいところなのだが、鬼《き》ノ子《のこ》城はその巨大さから総身に知恵の周りかねというか、だいたい三歩ごとに行き先を忘れてしまうので迂闊《うかつ》に眠ることができないのだ。

『む〜ん。どこだっけ？』

「あっちよあっち！　大判山のほう。あそこから羊羹《ようかん》の気配を感じますわ……などと二分に一回申しておりますのよわたくし。あんたどんだけ脳味噌《のうみそ》ちっちゃいの!!」

『あい・あい・まむ！』

こうして動き出す分には元気がいいのだが、鬼《き》ノ子《こ》城は物見やぐらなど、少しでも背の高いものが気に喰《く》わないのか
『ずっどん！』

たびたび手に持った大魔鐘《だいましょう》を振り下ろしてぶち砕き、それがまたすごい音で鳴るものだから甘草《あまくさ》もまったく心の休まる暇がない。

「あ〜だめわたくし鬱になりそうですわ。少しは寝ないと……ちょっと小娘！」

「…………。」

呼ばれたチロル姫は……

同じ屋根の上でせっせと小判を数え、自分の打掛の中に押し込んでいる。黄金の輝きを薄い胸に詰め込むたびに猫耳は震え、尻尾も喜びに踊り狂っているようだ。

「どんだけ金の亡者《もうじや》なの。おうコラッ！」

「！　ああっ、返して、あたしのっ！」

「返しても何もわたくしのモノよ本来は。あなた、この喧騒《けんそう》が平気でいらして⁉」

チロルは四つの耳からすぽすぽと耳栓を引き抜き、

「なんすかあ？　甘草《あまくさ》さま」

いかにも面倒そうに問いかける。甘草《あまくさ》、そのくらげの脳天をばしりと叩《たた》き、

「聴覚オフっててんじゃないわよ！　いい？　わたくしはもう仙力が限界なの。超信矢《ちょうしんし》を預けるから、鬼ノ子《きのこ》城はあなたが動かしなさい」

「え――っ⁉　あたしがですか⁉」

「あら、わたくしに能力を認められたのよ。やりがい◎の仕事ですわ」

「時給は？」

「おま……‼」

ぼぐんっっ‼

猫摩《びようま》の国を震わす強烈な発芽音が、チロルに摑《つか》みかかる甘草《あまくさ》の手を止めた。ばっ、とそちらを振り向く二人に遅れて、ぬおおお、と鬼ノ子《きのこ》城もそちらを向く。

「あれは……？」

『なんだあ〜っ』

陽光に照らされ……

長大に伸び上がるエリンギ。高さでいえばじつに鬼ノ子《きのこ》城以上に育ったそれは、二本、三本と続けざまに炸裂《さくれつ》し、城下町に大きな傘の影を落とした。

「大きさだけなら！」

エリンギの上、涼やかな声で叫ぶ一人の侍がある。梓弓《あずさゆみ》を引き絞り、もう一本のエリンギをぼぐんと咲かせ、風圧にポニーテールを揺らすミロは、

「こっちの方が上だぞ、鬼ノ子《きのこ》城っ！」

妙に楽しげにそう言い放つ。一方の甘草月餅《あまくさげっぺい》、「ちぃッ。人間の片割れですわね」と舌打ちしつつ鬼ノ子《きのこ》城を見下ろし、

「でもでかいから何だってのよ？　でかいだけのオトコは嫌われますのよ、オホホホ……」

『むうう〜〜っ』

「!?　あ、アンタ、まさか!?」

『なまいきだ〜〜〜っっ！』

甘草《あまくさ》に落ち度があったとすれば、それはキノコの単純性・実直性を甘く見ていたことであろう。自分より背が高いキノコ、というだけで、鬼ノ子《きのこ》城の単眼はほむらをめらめらと燃やし、

怒りのあまり傘から蒸気すら噴いている。

「ちょっバカバカバカバカそっちは逆よ！　まず羊羹《ようかん》を仕留め――」

『ぶしゅ――――っっ!!』

「「う熱っぢゃ――――っっ!!」」

蒸気にいぶされるメス二人！　鬼ノ子《きのこ》城はそれまでの鈍足が嘘《うそ》のようにずんずん走っていき、勢いそのままに『ずっどん！』とエリンギに大魔鐘《だいましょう》を叩《たた》きつけた。

その凄《すさ》まじい怪力！　ごおおおおん、と響く鐘の下で巨大なエリンギは粉砕され、四方に飛び散ってゆく。一方で傘から後方に跳ね跳んだサムライ・猫柳《ねこやなぎ》は、さらに後方にもう一本のエリンギを生やし、鬼ノ子《きのこ》城を誘導する。

「こいつを引き離す心算ですわ。あのクソガキ、なんで鬼ノ子《きのこ》の特性を知ってるの!?」

「なんでも何も。向こうはプロだから」

「おだまり！　あんたどっちの味方ですの！　いけない、とにかく鬼ノ子《きのこ》城をなだめないと。でも、あのガキを放っておいたら……」

きいい、と爪を噛《か》む甘草《あまくさ》は、ふと横で猫耳をあおぐ半猫チロルに目を移し、

「そうですわ。あなたがあいつの相手をしなさい」

「……はあっ!?」

チロルは欠伸《あくび》をぶったぎって甘草《あまくさ》を振り向き、縋《すが》るように叫ぶ。

「む、無理無理無理!! ただの商人……いやお姫様が、人間最強の片割れにかなうわけないでしょ! これぱっかりは、いくらもらっても無理です!」

「お返事は聞いてませんことよ」

白猫の表情が、それまでの慌てたものからぎらりと変わり、邪仙のそれになる。「くい」と軽く指を曲げれば、チロルの首にはめられた鈴がぶるぶると震え、

「あっ、やめ……!」

『りりりりいん』と強烈な音を発し始める。チロルは一瞬でその全身を冷や汗塗《まみ》れにし、耳を押さえてのたうちまわった。

「うわあああああ——っっ!!」

「オ——ホホホホホ! もうアンタは用済み、獣性を限界まで解放してあげましてよ」

ぎぎぎぎぎ、と喰《く》いしばるチロルの牙が伸び、爪が一層鋭くなる。金色の猫眼《ねこめ》はより狂暴さを増し、くらげ髪はそれぞれが獲物を求める蛇のようにのたくっている。

「クッソ浅ましい力ですこと。こうなったらただの猫又ね」

「が……かはっ……! ほ、しい……」

「あそこに新鮮な若いお肉がありましてよ。仕留められたら、お駄賃も弾みますの」

「お、にく。おかね——っっ!!」

びゅんっっ!!

チロルは獣そのものになって鬼ノ子《きのこ》城の屋根を蹴り、自在に宙を舞うミロ目掛けて疾駆した。四つ足が宙を踏むたび、金色の粒子が小判となって足場となり、そのままチロルは小判の連なる足場の上を駆け抜けていく。

「！」

エリンギの上で梓弓《あずさゆみ》を引き絞るミロ、カーブを描いて自身に迫る小判の道を眼《め》の端に捉え、

「チロル！」

「にゃが――――っっ‼」

（速い！）

瞬時にエメラルドのキューブをひらめかせると、障壁の真言《しんごん》を眼前に展開する。

すでに小判を蹴って躍りかかっていたチロルは、鋭く伸びた爪を陽光にぎらりと光らせ、

「にゃがアッ！」

ずばんっっ！

「！　しまった！」

ミロを襲うと見せかけ、下のエリンギの幹を切り裂いた。エリンギの繊維は傷口からみぎみぎと裂け、ずううん、とその傘を地面に倒壊させる。

「オ――――ホホホ‼　やるじゃない、小娘！」

甘草《あまくさ》は上機嫌で、足下の鬼ノ子《きのこ》城に語り掛ける。

「ほうら、邪魔なキノコは倒れたわ。もうあなたの敵はいませんことよ」

掌《てのひら》の超信矢《ちょうしんし》を通して、声は鬼ノ子《きのこ》城へと響く。

『ぼくが、いちばんか？』

「絶対無敵のクソ一番ですの。だから引き返しましょ。ね？」

『む――ん』

（まずい。あれを足止めしないと、ビスコが！）

「にゃが――――！」

「わぁっ」

がぎんっ、がぎん、がぎんっっ!!

城下の屋根に降りたミロへ、続けざまにチロルの爪が襲う。ミロの小太刀をもってしても互角の爪撃、もともと超常の力を持たぬチロルの身体《からだ》に、いかなる力の降りたものか？

「超信力《ちょうしんりき》を使いこなしてるんだ。凄《すご》いよ、チロル！　何を信じてそこまで……」

「おかね――――っっ!!」

「なるほどね？」

「ノコノコ一人で現れたのが運の尽きですの！」邪仙甘草《あまくさ》は勝ち誇って、おほほほほ、としゃちほこの上から嘲笑《あざわら》った。「仲間の小娘においそれと傷はつけられまい。片や小娘の本能は今や獣になり果てた。おまえを引き裂くのに、欠片《かけら》の逡巡《しゅんじゅん》もありませんわ！」

「理性の欠片《かけら》もないの？」

「そのとおり。もはや情に訴えようったって、手遅れでしてよ！」

「それは……」

キューブを回転させるミロに向け、チロルが牙を剝《む》き出《だ》しにして咬《か》みかかる！

「いいことを聞いたな」

「にゃお――――ッッ!!」

がづんっっ!!

上下の牙が咬《か》み合《あ》う快音が響く。甘草《あまくさ》はうっとりと眼《め》を閉じ、喉笛から血を噴くミロの姿を見ようと身を乗り出す……

が、

「なあッ!?」

「にゃごにゃ――――ッッ!!」

チロルの牙が咬《か》み砕いたのは、ミロの喉ではなかった。

ミロの周囲には今や、エメラルドに輝くいくつもの蝶《ちょう》がひらひらと漂い、輝く鱗粉《りんぷん》の軌跡を振りまいている。チロルの牙は、微動だにしないミロではなく、その蝶《ちょう》へ向けて咬《か》みかかっているのである。

「みゃおッ！」

がづん、がづん！

一匹を捉えれば、また蝶《ちょう》が一匹。

ミロの周りを無我夢中で踊り続けるチロルを見て、甘草《あまくさ》は呆然《ぼうぜん》と口を開けた。

「な、な……何してんのよこの子！　アホなのっっ⁉」

「蝶《ちょう》に血の香りを混ぜてあるんだ」

手首につけた刀傷を得意気に見せて、ミロの視線がきらりと輝いた。

「この真言蝶《しんごんちょう》は、猛獣の狩猟本能が最優先で襲うように作ってある。少しでもチロルの知恵が残ってたら危なかったけど。お前のおかげさ」

「きいいいい――――っっ‼　このガキっっ！」

「ほいっ！」

蝶《ちょう》を追うのに夢中なチロルが、無防備に喉首を晒《さら》した隙をついて、ずばん！　と一閃《いっせん》。ミロの小太刀は喉の鈴のみを見事に切り離し、返す刀で真っ二つに切り裂いた。

「⁉　みゃおっっ」

がくん、と身体《からだ》のバランスを崩すチロルを咄嗟《とっさ》に抱きかかえ、

「よーしよし。怖かったね、チロル。もう平気だよ」

「んミャ〜〜〜」

パンダ医師の巧みな指さばきが猫の喉首を撫《な》でれば、チロルも喉をごろごろと鳴らしてミロ

に身体《からだ》を摺《す》り寄せ、

「にゃッ」

と一声鳴くと、ミロの首回りにくるりと巻き付き、金色の眼《め》で甘草《あまくさ》を睨《にら》んだ。

「……なるほど？」

四つの瞳に睨《にら》まれながら、白猫が開き直ったように口を開く。

「優しいご主人様に鞍《くら》替《が》えというわけ。流石《さすが》は下賤《げせん》な人間、恩知らずも板についてますわ」

「フ――――ッッ!!」

「なぜこうもわたくしは孤独なの？　やはり美しすぎるのがいけないのね。寒い。温めて欲しいですわ。血統書付きのオスに……」

「今なら間に合う。超信矢《ちょうしんし》を返せ、甘草月餅《あまくさげっぺい》！」

見上げる白猫に小太刀を突きつけ、ミロが声高に叫ぶ。

「それは野望や正義で操れるものじゃないんだ。それ以上力を奮えば、お前自身がお前の願いに喰《く》われるぞ！」

「ぐすん、ぐすん……わ、わたくし、ここまで酷《ひど》いことをしたのに。それでも思いやってくれますのね、わたくしのこと……」

甘草《あまくさ》、めそめそと落涙しながら超信矢《ちょうしんし》を掌上《しょうじょう》に浮かせ、

「なんて、大きな――」

ひゅるりと屋根に突き刺せば、

「お世話くれてんだてめえこのガキャア!!」

鬼ノ子《きのこ》城の単眼が電撃的に閃《ひらめ》き、巨大な大魔鐘《だいましょう》を城下に打ち下ろす!

どがんっっ、と砕け散る屋根から咄嗟《とっさ》に逃げ跳んだ二人だが、着地を狙う左ストレートに反応が間に合わない。

「「障壁っっ!!」」

エメラルドと黄金の壁の重ねがけで咄嗟《とっさ》に身を護《まも》るも、鬼ノ子《きのこ》城の人智《じんち》を越えた怪力は容易にそれをへし割ってしまう。二人は大きく後方へ跳ね飛ばされて、間一髪のところで受け身を取った。

「なんだ!?　鬼ノ子《きのこ》城が急に速く!」

「にゃあ」

「えっ。甘草《あまくさ》が本気を出したって!?」

「にゃあ」

「超信矢《ちょうしんし》をアンテナにして、法力で操ってるのか!　だからあんな機敏な……」

「にゃあ」

「甘草《あまくさ》本体を叩《たた》かないと鬼ノ子《きのこ》城は止まらないけど、かといって鬼ノ子《きのこ》城を無視して頭部の甘《あま》草《くさ》を狙うのは難しい、だって!?　ちなみに言えば、甘草《あまくさ》の好物はサソリ蜜のモンブランだと本人は言っているが、本当はカツオの酒盗──」

「コントやってんじゃァねえのよ────ッッ‼」

甘草《あまくさ》の結んだ印と叫びに応えて、超信矢《ちょうしんし》が輝く！

「超信力《ちょうしんりき》・金光閃《ゴールド・レイ》！」

カァッ、と開いた単眼から黄金の熱線が走り、それは城下に突き刺さって、ゆるやかなカーブを描いて連続的な炸裂《さくれつ》を起こした。爆発は黄金の粉を伴い、吹き飛ばされるものをことごとく黄金へと変えてゆく。

「にゃ────っ‼　おかね！」

「あとにして、チロル！　まずはあいつを倒すっ！」

「にゃげ！」

チロルが中空に爪を走らせれば、ぐわりと小判の道が空に顕現し、ミロはそれを疾駆しながら梓弓《あずさゆみ》を何発も放つ。ぼぐん、ぼぐんっ！　とエメラルドのキノコがいくつも咲いて鬼ノ子《きのこ》城を喰《く》い破るが、当の鬼ノ子《きのこ》城はわずかに揺らいだだけで気にする素振りもない。

「バカがッ。超信力のキノコに、他の胞子で敵《かな》うかよ。消し炭にしたらァッ！」

『ウ　オ　オ』

「超信力《ちょうしんりき》・金鐘砲《ゴールド・ベル》！」

『オ　ー　ー　ー　ッ　』

砲のように構えた大魔鐘《だいましょう》から、ばずうんっ！　と空気を切り裂く金色の砲弾がいくつも撃ち出され、小判の足場をへし砕いてゆく。

「やるしかない。いくよ、チロル！」

「にゃっす！」

ミロとチロルは最後の足場を蹴って鬼ノ子《きのこ》城の頭上高くへ跳ね跳び、陽光に青とピンクの髪をきらりと躍らせた。

「won《ウオン》 / ul《ウル》 / viviki《ヴイビキ》 / snow《スナウ》!」

「nyan《ニヤン》 / nyad《ニヤダ》 / nyaviki《ニヤビキ》 / smyaw《スミヤウ》!」

真言《しんごん》と猫言《にゃんごん》、二つの呪詛《じゅそ》が錆《さび》と瞬火《またたび》を融《と》け合わせ、ミロのキューブを黄金色に変えてゆく。

黄金のキューブはそのまま、ミロの両手から武器となって具現化してゆき——

「乾坤《けんこん》っ！」

「「金剛七支《こんごうしちし》刀《とう》っっ!!」」

刃渡り４ｍはあろう、六本の枝刃を持つ巨大な黄金刀となって顕現した。

「何《にゃ》ァにがァアッ」法力の余波に血管を浮き立たせながら、甘草《あまくさ》が吼《ほ》える。

「コケ脅しがッ。でけえからって、強ええわけじゃあねえぞ、ボゲがッ！」

「「おまえが言うなっっ！」」

「喰《く》らえェ」

轟音《ごうおん》を立てて襲う金鐘砲弾《ゴールド・ベル》を、ずばんっ！　と黄金刀で薙《な》ぎ払《はら》い、ミロとチロルはそのまま鬼ノ子《きのこ》城へと降下する！


「乾《けん》ッ坤《こん》っっ！」

「「金剛七支斬《こんごうしちしざ》アアア――――――――――んッッ!!」」


ずばんっっっ!!

黄金一閃《いっせん》。

鬼ノ子《きのこ》城を袈裟《けさ》懸《が》けに斬り裂いた必殺の一刀は、その軌跡を斜め一文字に光らせ――

ずず、ず、

「あ、ありえま、せんわ……」

ずずずずず、

「わたくしが。この、わたくしが、そんな……!!」

ずうううううんんん……

バターのように鬼ノ子《きのこ》城の上半分をスライドさせ、そのまま地面に崩れ落ちさせた。傘を失った下半身もまた、糸が切れたように前に倒れ墜《お》ちる。


一方のミロは、着地寸前にシメジの鏃《やじり》を手裏剣として飛ばし、ぼんっ、と咲く勢いで二人の身体《からだ》を受け止めた。満身創痍《まんしんそうい》の二人はそのままゴロゴロと転がってゆき、建物の壁にぶつかってようやくそこで止まる。

「はぁッ、はぁッ、はぁッ！　やったよ、チロル！」

「にゃごおおお……」

「すぐ戻してあげるから、大丈夫！　すぐ超信矢《ちょうしんし》を取り返して……」

「……にゃ……にゃおあっ⁉」

「チロル？」

「にゃあああ——っ！　にゃっ、にゃあああっ！」

ばたばたと身振りで背後を指し示すチロルに、ミロが怪訝《けげん》と振り返ると……

そこには。

「ぐすん。ぐすん……そんなことって、」

「ま……まさか、そんな！」

「そんなひどいことって、あるかしら」

二人を覆う、巨大な影。

ふたつの術式の重ねがけで、倒しおおせたはずの鬼ノ子《きのこ》城は……

いまや、その胴体を猛スピードで再生して立ちはだかり、もとの、いや、更に巨大な身体《からだ》へと変貌しつつある。

「いたいけな少年と少女が。せっかく全力を出した奥義《おうぎ》でしたのに。倒すどころか、」

にゃぁぁああ、と、白猫の顔が愉悦に歪《ゆが》む。

「増やしちゃうなんてえ」

甘草《あまくさ》の印に応えて超《ちょう》信矢《しんし》の輝きが増せば、なんと、倒れ伏している下半身までもがむくりと起き上がり、もとの傘までを再生しはじめたのだ。

恐るべき、超信力《ちょうしんりき》の胞子の業である。

「にゃいいいっっ」

「あ――――っ、はははは ァ！　怖いかッッ‼　竦《すく》め、餓鬼どもッッ‼」

ぬううう っ、と仁王のように立ちはだかる二体の鬼ノ子《きのこ》城に見下ろされ、怯《おび》え切ったチロルを庇《かば》い、歯を食いしばるミロ。

『ずっどどどん』

『ズッドドドン』

「アタシも知らなかった……。自分の中に、こんな力があるなんて」

甘草《あまくさ》は超信矢《ちょうしんし》を愛おしそうに一撫《な》ですると、勝ち誇ったように言い放った。

「光栄に思え、自由の踏み台になれることを。踏み固められたお前たちの上を、永遠に踏みつけて歩いてやる」

9

櫛《くし》で、念入りに毛並みを整える。

紅を塗る。

鈴飾りを首にかける……。

鏡に映った自分の立ち姿を見て、月餅《げっぺい》はようやく納得いったように頷《うなず》いた。

自他ともに、並び立つ猫はないと云《い》う——

みごとな美貌である。

傷だらけで、屋敷《やしき》に背負いこまれたのは、もう四年前。

随分と背が伸び、白くやわらかな毛並みも豊かになった。今や、あのみすぼらしい盗人《ぬすっと》猫の面影は、どこにもない。


(……………遅いわ。)

(こんな綺麗《きれい》な妻を放って、よく稽古ばかりできるわね……)

(…………。)

(お菓子でも、持って行ったら。)

（あの人、食べるかしら……）

思ったら早いのが月餅《げっぺい》。

盆の上に菓子を盛り付け、器用に片手で持ち上げると、供も伴わずに部屋を抜け出した。

最近は、猫舌に合わせて茶もぬるく淹《い》れられるし、着物の着こなしも、南蛮の化粧品の扱いもすっかり慣れたものだ。

かつては薄汚い小娘と眉をひそめた宮女たちも、今や月餅《げっぺい》の美しさの前では思わず言葉を失い、そそくさと道を開ける有様《ありさま》。

月餅《げっぺい》はそれらを「フン」と横に見て、屋敷《やしき》のはずれの修練場へ向かった。

すこん！

と、小気味良い音がする。

修練場には、切り口のなめらかな竹が、いくつも転がっている。老中・柴舟《しばふね》が見守るそれを、月餅《げっぺい》はふと隠れるように、

（羊羹《ようかん》……）

呟《つぶや》いて、しばらく眼《め》を奪われた。

すこん！

「お見事！　またも七本斬り。またたびけんの免許皆伝も、近うございますな」

「何がだ、竹相手に。立ち合いでなければ、実力などつかぬ」

「そう申されても、もはや若様に敵《かな》うものにゃど……おや、奥方様！」

爺《じい》に見つけられて、月餅《げっぺい》はびくりと身をすくめるも、さも自然な風をよそおって修練場に入ってきた。

「今日は随分、根をつめられますこと。休憩されてはいかが？　お菓子をお持ちしましたわ」

「ふむ、菓子を？」

「こりゃまた、南蛮の洒落《しゃれ》た菓子でございますぞ、若様！」

柴舟《しばふね》は子供のようにはしゃいで、丁寧に盛り付けてあるマカロンを雑に取り、バクバクと食べ始める。

（こいつ！）と露骨に顔をしかめる月餅《げっぺい》の前で、

「うまい！　いやはや、気も利《き》く上に器量も猫二倍。かような奥方を迎えられて、若様は幸せものでございますにゃあっ」

「あら。いやですわ爺《じい》。本当のことばかり……オホホホ……」

「うむ、美味《うま》い。……それで爺《じい》、」

「あにゃにゃにゃ。これは失礼いたしました」

爺《じい》、何を勘違いしたか、にっこり笑ってすすすと二人から退《さ》がり、

「しばらくは誰も入れませぬゆえ。ごゆるりと……」

「あ、いや、爺《じい》。違う。明日の立ち合い稽古の――」

「では、ごめん」

たんっ！　と景気よく戸が締められれば、あとには羊羹《ようかん》と月餅《げっぺい》、二人の猫が残った。

「…………。」

「…………。」

「お、お天気が、よろしいわね……」

「うむ。そうだな」

「あの、ええと……」

「……。」

「ごめんあそばせ。わたくし……」

「もう爺《じい》はおらぬ。無理して、かような口調にならずともよいのだ、月餅《げっぺい》」

「……よう、かん……」

「どうしたのだ。震えて――」

「羊羹《ようかん》ッ！」

月餅《げっぺい》は、声の震えを殺しきれず、思わず羊羹《ようかん》に跳びついた。妻の仕草に羊羹《ようかん》は驚いたが、決してそれを邪険にはせず、黒い毛皮で包み込んでやる。

「羊羹《ようかん》……！　こわいよ。あたし、怖い……！」

「らしくないではないか、気丈なお前が。もう、誰もお前を脅《おびや》かすものはないのだぞ」

「あたしじゃない。あなたが！」

涙が伝う。

「落雁《らくがん》将軍は、近々跡目を八兄弟の誰かに譲るって。それがもし、あなたじゃなかったら……あたしたち、一体どうなるの⁉」

「――――。」

「あなた以外が跡目を継いだら、あたしたちも、猫摩《びょうま》も終わりだわ。どいつもクズばっか。腐敗した秩序の上から、才ある猫を踏みつける！」

「まさか。才ある猫が踏みつけになるなどと。兄上たちは――」

「あなたがそうじゃないッッ‼」

悲鳴であった。

「許せない。あなたみたいな強い猫が、屈辱に耐え忍んで。ただ兄だというだけで、あの愚昧の七兄弟に、なんであなたが蔑まれなければいけないの」

妻が激情型なことを知ってはいたが、今度のそれはひどく異質なものだった。悔しさ、怒り、哀《かな》しみ、愛――様々な感情が渦巻いて、羊羹《ようかん》の心に迫る。

「ねえ羊羹《ようかん》、逃げましょう。跡目なんてどうでもいいじゃない。二人でいれば、新しい国だって興《おこ》せるわ。あなたのためなら、あたし、命を賭けてもいいの――」

羊羹《ようかん》は。

言葉を出すことができなかった。この場で何か、声をかけてやらねばならぬ——そのことはわかっていても、月餅《げっぺい》の心を溶かす言葉を、ついに見つけられなかった。

しばらく……

沈黙があって後、

「……ごめん、あそばせ。変なことを口走りましたわ。熱があるのかも」

「月餅《げっぺい》」

「いいのですわ」

涙をふいた月餅《げっぺい》は、いつもの妖艶《ようえん》な美しさを取り戻していたけれども、

「淑女が取り乱して、恥ずかしいことをしましたの。お風呂《ふろ》にしませんこと？　御背中を流しますわ……」

その双眸《そうぼう》から、何か内に抱いた悲壮な決意を、羊羹《ようかん》に強く感じさせた。

＊＊＊

「なんとも、極上の女よ——」

寝所である。

薄暗いなか、行灯《あんどん》の明かりに照らされて、七代将軍・落雁《らくがん》は満足しきった声を漏らす。

「この落雁《らくがん》、星の数ほど女を相手にしたが、今日ほど満ち足りたことはなかった」

「まあ。落雁《らくがん》さまは、お上手なこと——」

「世事なものか」

月餅《げつぺい》は露《あら》わな肌を薄布団《ふとん》で隠して、巨大な虎である落雁《らくがん》の喉首を撫《な》でた。虎は「ぐるるるる」と満足そうに喉を鳴らし、息をするたびにたくましい胸板を上下させている。

「息子の妻としておくには、勿体《もったい》のない話だ」

「落雁《らくがん》さま。その夫のこと、くれぐれも——」

「わかっておる、わかっておる。もともと才ある奴《やつ》と気にかけておった……確かに他の七匹では、誰が継いでも同じようなもの」

「それでは……！」

「皆まで言うなよ」

「は……！」

魂を……

穢《けが》してまで、決意した甲斐《かい》のあったというもの。月餅《げつぺい》は落涙を悟られまいと、静かに鼻を啜《すす》った。

そこへ、障子の外から。

「将軍様」

「なんじゃ。いいところに」

「ご子息がお見えで……」

「む」

将軍、大きな身体《からだ》をがばりと起こし、

「ゆく。待たせておけ」

「はっ」

巨大な袴《はかま》に身体《からだ》を通しはじめる。

「あの、将軍様……」

「裏口より帰れ。誰にも見られるなよ」

「ははっ……」

床から立てば八《や》ッ《つ》橋落雁《はしらくがん》、その威風はすさまじい。月餅《げっぺい》は慄《おのの》きつつ、ただその場に頭《こうべ》を垂れるしかなかった。

「もとより黒猫ふぜいに国を譲る気など、」

羊羹《ようかん》以外の、七兄弟の眼前で、

「ない」

落雁《らくがん》将軍、こう云《い》い捨てたものである。

「ワシの築いた秩序を腐敗と言い張り、民草の声ばかりに現《うつつ》を抜かす、剣術馬鹿よ。ワシの施政に文句ばかりつけおって、かねてより邪魔と思っていた」

「勿論《もちろん》無論その通り」

「よかった」

「万一、御父上《おちちうえ》が……と、我々」

「心配しておった次第で」

「なにを言う。オレは初めから、父上の心はわかっておる」

「なにを！」

「きさま、抜け駆け——」

「黙れッ！　愚物どもッッ‼」

虎の一喝に、びくりと七匹の身体《からだ》が竦《すく》む。

「貴様ら愚息の中からなんとか一人選ぶため、ワシも一計を案じた。今日この日、かねてより羊羹《ようかん》の態度を翻意と捉え、奴《やつ》を秘密裏に殺害する」

「「な、なんと」」

「「羊羹《ようかん》を暗殺⁉」」

「手段は問わぬ、羊羹《ようかん》を殺せ。羊羹《ようかん》の首をワシの前に持って参ったものを、晴れて跡目とする！」

落雁《らくがん》将軍の物言いには……

外道の七兄弟も、流石《さすが》に絶句したようである。

しかし、その顔にはすぐに下卑た笑みが張り付きはじめ、

「これは、跡目争い、邪魔もの始末と一挙両得」

「御父上《おちちうえ》にしか思いつかぬ采配でありますなあ」

「なあに、あの羊羹《ようかん》、少し毒でも盛ってやれば、すぐに引っ掛かりましょう」

「ぐふ、ふ」

「おお。父上もお喜び」

「「「わははははは……」」」

「ぐふ、ふ。ふ。ふぎゅっ。ぎゅ。ぎゅばぁっ」

大虎、落雁《らくがん》の笑いが……

徐々に湿り気を帯び、それは夥《おびただ》しい喀血《かっけつ》となって、酒の膳を鮮血で真っ赤に染めた。

「‼　ひっ」

「わアッ」

「ごばアッ」

ずばんっっ‼

落雁《らくがん》の胸中から、明かりに鋭く光るかんざしが飛び出し、その心臓を喰《く》い破った。かんざしはそのまま空中をひらひらと躍って、そのまま一匹の兄猫の喉笛を貫く。

「うわあ――――っっ！　ほ、法力だ。法術師だ！」

「くせもの、であえ、であ――」

ずばん、ずばん、ずばんっっ‼

閃《ひらめ》くかんざしはまたたくまにその場全員の喉を喰《く》い破り、そして、ひらりと……

襖《ふすま》を開けて入ってきた、月餅《げっぺい》の掌《てのひら》の上に収まった。

「何事で……ひいいっ、これは」

「猫又！」

ずばん、ずばん。

かんざしは、様子を見に来た女中、若侍と罪なきものも見境なく貫き、春の猫《びょう》摩城の香りを、またたくまに花から血へと塗り替える。

(かんたんだな)

ちみどろである。

薄物一枚だけの姿で、真っ赤になった畳の上を、びた、びた、と歩きながら、月餅《げっぺい》は死んだような眼《め》で、落雁《らくがん》を見下ろす。

「が、かはっ。かはっ。おの、れ、下賤《げせん》の、」

「おまえは、『猫』じゃ、ない」

「こ、殺すな。やめ——」

「『猫』に。秩序は、いらない」

ぎゅりっっ！　と踏みつけた月餅《げっぺい》の爪が、落雁《らくがん》の胸を抉《えぐ》り抜き、そこから夥《おびただ》しい血を噴き上げた。鮮血のシャワーで真っ赤に染まった月餅《げっぺい》は、鼻先からぽたぽたと血を零《こぼ》し……

ふと。

庭先に佇《たたず》む、見知った気配に振り向く。

黒い毛並み、息を切らして駆けてきたであろう、その赤い双眸《そうぼう》は、すべてが終わってしまったことの、深い悔恨に満ちている。

「殺したよ。」

「…………。」

「あたしのほうが、強かったよ。」

「…………。」

「きて。羊羹《ようかん》。ふたりだけになって、最初からはじめましょう……」

名刀・金鍔《きんつば》の鞘《さや》から、しゅばりと抜き身が解き放たれた。落涙を風に千切らせる羊羹《ようかん》の身体《からだ》は、そのまま手を差し伸べる月餅《げっぺい》に向かって、白刃《はくじん》を振り下ろす——

そこで、

（しゅぽんっっ‼）

「おわああっ⁉」

ビスコの精神は月餅《げっぺい》の身体《からだ》から放り出され、時の止まった世界に転がった。羊羹《ようかん》の白刃《はくじん》は、空中で月餅《げっぺい》の首を捉える寸前で止まっている。

「すまんが、ここまでだ」

「あえっ⁉」

「この後、己《お》れの記憶がない」

いつの間にか横に佇《たたず》んでいるのは、今の年齢の姿かたちをした、羊羹《ようかん》のどうやら精神体である。羊羹《ようかん》は顎を肉球で撫《な》でながら、月餅《げっぺい》の容姿をしげしげと眺めている。

「瞬《また》火剣《たびけん》の奥義《おうぎ》は、『相手の心に干渉する』もの。相対する相手の心と同化してはじめて、瞬《また》火《たび》の粒子はお主に力を貸すであろう」

羊羹《ようかん》がビスコを振り向く。

「さて、どうであった？　月餅《げっぺい》の中に入って、奴《やつ》の心は――」

ひゅんっ。

「……⁉⁉」

がぎんっっ‼

瞬間、翻《ひるがえ》ったビスコの身体《からだ》が、腰の小太刀を抜き放って羊羹《ようかん》の脳天に斬り付けた。隻腕の羊《よう》羹《かん》、咄嗟《とっさ》に同じく小太刀を抜き放ち、頭上すれすれでそれを受け止める。

「⁉　にゃっっ、にゃにごと！　いきなり何をするっ⁉」

「この、」

ビスコ、憤怒《ふんぬ》のほむらを瞳に漲《みなぎ》らせ、

「おおバカヤロ――――ッツ‼」

竜巻のような二閃《にせん》、三閃《さんせん》！　片腕無くしたりとはいえ無双の剣豪・羊羹《ようかん》、そのいずれもを刃《やいば》で弾《はじ》くが、まさに白虎《びやっこ》のごとく襲うビスコの勢いに冷や汗を浮かべる。

(なんという怒気！　月餅《げっぺい》の心が抜けきっておらぬな！)

じり、じり、と、後退する黒猫の足爪が、畳を削り取る！

「落ち着け赤星《あかぼし》！　その怒りは月餅《げっぺい》の名残《なご》り。お主のものではないぞ！」

「だったら都合がいいッ。月餅《げっぺい》の怒りを借りて、てめえを叩《たた》きのめす！」

「血迷ったか！　お主、なぜかように己《お》れを憎む⁉」

「おまえが。俺と同じだからだ‼」

「おなじ、だと……？」

「パウーの祈りに知らぬ存ぜぬ決めやがって。干渉せず、されず、求道の世界に居られれば、それで良かったんだろう……でも、それでも！」

「ぱう─？　……お主一体誰のことを、うわぁっ⁉」

がぎぃんっっ！

翡翠《ひすい》の瞳が震えている。

ビスコの意識の奥に、かつての……失ったはずの月餅《げっぺい》の欠片《かけら》を、羊羹《ようかん》は確かに見て取り、
そして、同時に……

羊羹《ようかん》の見知らぬ、ビスコの想《おも》う何かの気配を、そこに感じてもいた。

「パウーは……いや、月餅《げっぺい》は！　暗闇の中で、お前の幸せのために命を賭けたんだぞ。不器用でも、己の魂のすべてを賭けたんだぞ！　不安だった。孤独だったはずだ。どうしてお前のほうから、攫《さら》ってやらなかったんだッッ！」

「だが、その先は魔道であった！　あやつの言う幸せは『猫』にとっては邪《よこしま》なる道。民草の幸せとは。『猫』の幸せとは、相容《あいい》れぬものなのだ！」

がぎぃんっっ！

「だ か ら なんなんだああああ────ッッ！！！！！」

強烈な剣撃！

しかし、羊羹《ようかん》に伝わるビスコの剣気は、破壊のそれではない。愛、哀《かな》しみ、憤怒《ふんぬ》……いくつもの切なる感情が交錯して、刃《やいば》の重みに加わっている。

「灰色の言葉でまやかすな。『猫』なんていない！　この世界にはただ、お前と月餅《げっぺい》がいるだけなんだッッ！」

ビスコの咆哮《ほうこう》。瞳の輝きはいまやぎらぎらと太陽の胞子を照り返し、羊羹《ようかん》の毛先をちりちりと焦がすほどだ。

ひゅばりと宙へ翻《ひるがえ》り、小太刀を構えたビスコが、乾坤《けんこん》の一撃を振りかぶる！

「運命の獲物《ひとり》、その爪で攫《さら》ってこれねえぐらいならッッ」

「『猫』なんか！」

「辞めちまえ――――――ッッ！！！」

ぶわっっ！！！

空間が、一瞬で溶け、崩壊する。

ビスコの激情が、それまで周囲を構成していた時間の止まった世界を、真っ赤に燃える無数の粒子に分解したのだ。

「うおっっ⁉」

「むうっ⁉」

手に持った小太刀すら分解されて、思わず驚愕《きょうがく》するビスコと羊羹《ようかん》。

その『瞬火粒子《またたびりゅうし》』は……

わずかに世界の形を残しながら、ビスコの身体《からだ》に寄り添うように、錆喰《さびく》いの胞子と溶け合って、その身体《からだ》を真っ赤な火のように輝かせはじめる。

「これは……!!」

「瞬火《またたび》が呼応したのだ。瞬火《またたび》粒子が、お主を新たな主と認めた！」

羊羹《ようかん》は、先ほどまでの剣戟《けんげき》の疲れも忘れ、神々《こうごう》しいものを見るように瞳を輝かせた。そして、はっと気づいたように我に返り、言う。

「いや！　いかん、早すぎる。まだ、何の剣術も授けておらぬのに！」

「ちょっ、待って、熱っつい、この粉熱いっ」

錆喰《さびく》い胞子の煮えたぎるようなそれと異なり、瞬火《またたび》粒子は瞬間に弾《はじ》ける花火のような痛みを伴う。ばちばちと身体《からだ》中で弾《はじ》けはじめる瞬火《またたび》の粉に、ビスコは「おわああッ」と悲鳴を上げて悶《もだ》えた。

「よいか、よく聞け赤星《あかぼし》！　瞬火剣《またたびけん》の極意とは、月餅《げっぺい》の心を変えられなかった余の悔恨の念より生み出されしもの。『相手の心を変える』奥義《おうぎ》なのだ！」

「この状態でお前っ！　説法、熱っ、聞けるか、あっ、熱ッちッ」

「いかに無限の超信力《ちょうしんりき》が相手といえど、信じる心そのものを反転させれば——ええい、聞いておるのか、赤星《あかぼし》！」

「てめえが聞けやボケ――ツッ!!」

その雄叫《おたけ》びを切っ掛けに、世界すべての瞬火《またたび》が、ずわぁっ！　とビスコに集い――

「ゆおわあああ――――っっ!?」

ひときわ巨大な閃光《せんこう》で、世界そのものを包み込んだ。ホワイトアウトしたまぼろしの空間は、長い夢から二人の剣客を放り出し、そこでようやく役目を終えたようであった。

＊＊＊

『ずっどどどーーんっ！』

どうんっ、どうんっ、どうんっっ。

鬼ノ子《きのこ》城・壱の振り回す大鐘が矢継ぎ早に火砲をばらまき、猫摩《びょうま》城下の家屋をぶち抜いて地面に大穴を空けた。

火砲に貫かれた地面の穴からは、どしゃあああっ、と噴水のように黄金のつぶてが盛大に高く噴き出している。いくつもの黄金の噴水は城下町の地面を瞬《また》く間《ま》に覆い尽くし、今や街の見渡す限りが眩《まばゆ》く光る黄金の砂漠になり果てている。

その、黄金の砂を蹴って、

「にゃあーッ！　ミロ！」

「！　後ろっ！」

どうんっっ！

寸前に弾《はじ》ける火砲を躱《かわ》し、チロルを抱いたミロが中空へ跳ぶ！

「ジリ貧だよっ。城下で粘ってにゃいで、山の方に逃げにゃいの!?」

「だめだよ。僕らがここでひきつけないと、ビスコがやられちゃう」

「その赤星《あかぼし》はにゃにしてんのさっ！　寝てんのかっ!?」

「寝てる」

「はあ〜〜〜!?」

「危ないっ！」

どうんっっ!!

黄金が噴き上がり、再び二人を吹き飛ばす。いまやミロとチロルの髪といわず服といわず、輝く砂金が張り付いてさながら金の彫像のようだ。

「オ——ホホホホ!!　くるくるキラキラ、クッソすばしこいこと」

鬼ノ子《きのこ》城・壱の頭上で高笑いする甘草《あまくさ》がくるりと指を弾《はじ》けば、がしょんっ！　と大鐘が薬《やっ》莢《きょう》を吐き出し、煙を上げるそれを地面に落とす。

「気に入ったわ。オトコの子の方は、金像にしてわたくしの部屋に置いてあげましてよ」

「あの白猫、好き放題言いやがってっ！」チロルは、フ——ッ！　と遠方の甘草《あまくさ》を威嚇し、隣のミロの異変に気付く。「逃げよう、ミロ！　このままじゃ……。⁉　どうしたの、すごい汗……！」

「やばい。ミスったぽい……！」

ミロは歯噛《はが》みして表情を歪《ゆが》め、くるぶしの辺りを押さえている。チロルがその手をどければ、先ほどの砲撃に引っ掛かったのであろう、ミロの足は草鞋《わらじ》ごと黄金に変えられてしまっており、持ち前の隼《はやぶさ》のような機敏さを奪われていた。

「ミロ、その足！」

「逃げてチロル、次が来る！」

「あんたねえっっ！」

鬼ノ子《きのこ》城・弐の影がずわりと二人を覆い、その大拳を打ち下ろした瞬間、チロルの猫言《にゃんごん》がひらめいた。周囲の砂金が渦を巻いてチロルの眼前に収束し、黄金の大盾を形作る。

ばずんっ！

「ぎゃにゃ――――っ！　重い、重いっっ！」

黄金の大盾に圧《お》し掛かる、巨人の拳圧。びきびきびき、と音を立てて、大盾にいくつもの亀裂が走りだす。

「チロル！　やっぱり、土壇場《どたんば》で人をほっとけないタイプなんだね！」

「呑気《のんき》言ってにゃいで！　手伝え――っ！」

「頭の足りない子ねえ。そんなのを盾で受けたら……」

一方の鬼ノ子《きのこ》城・壱が、装塡を終えた金鐘砲《ゴールド・ベル》を、二人へと向ける！

「こっちから丸見えだろうがよ——ッ、ボケガキィッツ」

「うわ、やばいやばいっ、ミロ！」

「だめだ。真言壁《しんごん》じゃ、あの砲は……!!」

「はいチーズですわ。笑顔で金像になりやがれェ——ッツ!!」

どうんっっ!!

射出された黄金砲弾がゆるやかなカーブを描いて、チロルとミロへと突き刺さる、その横合いから、
びゅんッツ!!

「オ——ホホホホホ……はあっ!?」

甘草《あまくさ》の眼前、横一線に飛んできた一筋の矢が、砲弾の横っ腹に突き刺さり、ぼぐん！　と弾《はじ》けた。砲弾は軌道を逸《そ》らされてそのまま鬼ノ子《きのこ》城・弐の肩口に炸裂《さくれつ》し、
どうんっっ!!

『オ　ワ　〜　〜　〜　ン　』

チロルの盾を捉えていたその巨大な腕をもぎ飛ばすと、その巨体のバランスを崩し、大きくぐらりとよろめかせた。

「赤星《あかぼし》だっっ！　やった、勝ったっっ‼　ミロ、あたしたち助かっ……」

「ま、待って、チロル！」

安堵《あんど》の表情から、ぎょっ、と一瞬で委縮したミロの顔を見つめ、不審にその視線を追ったチロルは、背後からぐらりと倒れ掛かる鬼ノ子《きのこ》城の巨体を見て「いぃいいいっ」と喉に詰めた悲鳴を上げた。

「ぎょあ――――っっ⁉　潰れる潰れるっっ‼」

「お金の海で死ねるの、本望じゃないの？」

「バカ言うにゃ！　命あってのものだね――」

ぼぐん！

チロルの言葉に被《かぶ》せて、二人の近場に突き立ったキノコ矢が炸裂《さくれつ》し、二人の身体《からだ》を大きく上空に撥《は》ね上げた。

どううぅん、と砂金を巻き上げて倒れていく巨体を見下ろすチロルを、空をいなづまのように走る赤い影が捕まえ、高く盛り上がった黄金の丘へ降り立つ。

「いやー。すげえな。お前にとっちゃ、夢みてえな眺めじゃねえのか？」

妙に感心したように声を上げ、少年がゴーグルを上げる。

「これだけ黄金がありゃ、忌浜《いみはま》どころか日本買えちまうぞ」

「あかぼしっっ‼」

チロルは一度叫んで、頭髪に絡《から》んだ金粉をぶんぶんと振り払うと、ビスコの襟をひっつかんで思い切り揺すった。

「毎度毎度ぎりぎり……てめえこのやろ早く来いよっ‼」

「遅刻はしてねえだろ」

「バカっ！　あたしとミロがどれだけ……！」

「苦労したってんなら俺もだ。女の身体《からだ》にされて、虎と寝たんだからな」

（なにいってんだこいつ……）

「ビスコ、おかえり！」

いつの間にかビスコの横に控えていたミロが、自らのアンプルを脚に刺しながら、輝く星のような瞳を相棒へ向けた。

「だいぶ戦ったらしいな。苦労したか？」

「ぜんぜん！」

「したにゃろ‼」

「ねえねえ。奥義《おうぎ》の伝授されたんでしょ！　今度はどんな技なの⁉」

「いや、それがさあ」

ビスコは眼《め》を細めて小さく唸《うな》る。

「なんか特に何も教わってねえんだが……大丈夫かな？」

その視線の先では、ばらばらと黄金をばらまきながらゆっくりと起き上がる鬼ノ子《きのこ》城・弐の姿がある。

『ずっどーーん』

鬼ノ子《きのこ》城・弐が大きく伸びをすると、寸断されたはずの肩はまたたくまに再生され、もとのでっぷりと太い巨腕を取り戻していく。

「オーホホホホホ‼」

再び威容を取り戻した鬼ノ子《きのこ》城・弐の立ち姿を見て、甘草《あまくさ》が高らかに笑った。

「出ましたわね赤いの。でも何人来たって同じですわ……あんたたちの弓や刀じゃ、この子たちに傷ひとつつけられない！」

「はったりだにゃ‼」

「そうでもない」猫眼《ねこめ》をまたたき、ビスコが言う。「あいつらは超信力《ちょうしんりき》の塊みたいなキノコだ。もともと死の概念を知らない胞子の集まりだから、絶対に殺せない」

「ええっっ！　ふざけんにゃ、無敵じゃにゃーか⁉」

「不死身と無敵は違うぞ」

「一休さんやってんじゃにゃーんだよ！」

「そうか、倒す必要はないんだ」

ビスコの言葉に荒れるチロルの頭越しに、ミロがビスコの意を汲《く》んでその言葉を継いだ。

「胞子を分解して、キノコを小さくすれば。でも、そんなことできるの？」

「やるしかねえ」

ビスコは呑気《のんき》に言って——腰の大太刀を、ずらりと引き抜く。

「できなきゃヨーカンのせいだ。俺を恨むな」

「！　よし、やっちゃえ赤星《あかほし》！」

「先に腕モゲの方をやる。ミロの足が治ったら、二人で白猫の気を逸《そ》らすんだ」

「うん、わかった！」

「うんうん……えっ、あたしも⁉」

「お喋《しゃべ》りは終わりだ。来るぞ！」

ばおんっっ！　と放たれた金鐘砲《ゴールド・ベル》が着弾する直前、ミロを咥《くわ》えたチロルとビスコはそれぞれ別の方向に飛散する。甘草《あまくさ》は「ちいい——ッッ」と歯噛《はが》みしながらそれを眼《め》で追って、

「赤いの、何かする気だわね。まずいですわ、あいつを先に叩《たた》かないと！」

金鐘砲《ゴールド・ベル》をビスコへ向けて構える、それへ、
ばしゅん、ぼぐんっ！

「んぐおっっ⁉」

「こっちだ、甘草《あまくさ》‼」

四つ足で駆けるチロルの背上から、梓弓《あずさゆみ》の一閃《いっせん》が飛ぶ。キノコの衝撃にぐらりと揺らめいた鬼ノ子《きのこ》城・壱は、単眼を赤く染め、『ぬ　う　う　ー　ん　』と怒りの声を上げる。

「あのガキャ～～！　……違う違う違うわよ！　狙うのはあっち！」

「バーカ。二手遅い！」

ビスコはそれを横目に、ぼんっ！　とシメジの発芽で跳ねあがり、鬼ノ子《きのこ》城・弐の脳天に向けて大太刀を振りかぶった。

「まずいッ！」

甘草《あまくさ》の動きが早かった。白猫は眼前に刺さっていた超信矢《ちょうしんし》を咄嗟《とっさ》に引き抜くと、それを遠く飛ばして鬼ノ子《きのこ》城・弐の後頭部に突き刺し、遠隔コントロールに切り替える。

「行くぞッ、『瞬火剣《またたびけん》』！」

「させるかッッ!!」

甘草《あまくさ》が血管を浮かせ、ぶしぃっ！　と鼻血を噴く。決死の仙力は鬼ノ子《きのこ》城に作用し、その片腕を大きく振りかぶらせる。

『ぶ　っ　こ　ろ　ー　す　！　』

一方のビスコは空中に躍ったまま、狙うには格好の的だ。

「くたばれエエ――――ッッ!!」

ずがんっっ!!

鬼《き》ノ子《こ》城の渾身《こんしん》の右ストレートが、ビスコの身体《からだ》へと突き刺さった。決まりましたわ、と、心地のいい反動に酔いしれる甘草《あまくさ》はしかし、

「……ば、バカな⁉」

拳の衝撃をものともせず、『微動だにしない』ビスコにその眼《め》を見開く。

「『因果』」

ぶわりと。

（これは。瞬《また》火《たび》粒子っっ‼）

真紅に輝く瞬《また》火《たび》粒子がビスコの全身を包み、太陽にぎらりときらめく！

「『応報』だアッ！」

ばうおんっっ！

轟音《ごうおん》。ビスコは『何もしていない』。鬼《き》ノ子《こ》城渾身《こんしん》の右ストレートの『結果』が、そのまま反転して鬼《き》ノ子《こ》城のどてっ腹に突き刺さったのだ。

巨大な丸い穴が黄金の身体《からだ》を貫通し、

『オ　ワ　ワ　〜　〜　ン　‼　』

鬼《き》ノ子《こ》の悲鳴が、辺り一帯に響き渡る。

「……何だありゃっ⁉　赤星《あかぼし》は、何もしてにゃいのに！」

チロルの素っ頓狂な声に、

「あいつの『ぶっころす』気持ちを反転させた！」

ビスコが答える。本人もどうやら成功するとは思っていなかったのか、空中に冷や汗をばらまいている。

「瞬火剣《またたびけん》の奥義《おうぎ》は相手の心を反転する技だ。結果もおのずと逆になる！」

「むちゃくちゃゆうなっっ⁉⁉　ねえミロ！」

「ビスコが言うならそうなんじゃない？　事実そうなっているので」

「学歴どこいったおめ――‼」

ずうううん、と倒れる鬼ノ子《きのこ》城・弐を見ながら
「結果の反転……！　あ、あれは確かに、『瞬火剣《またたびけん》』の秘奥義《ひおうぎ》！」

白猫は歯嚙《はが》みし、超信矢《ちょうしんし》に法力を注入する。

「羊羹《ようかん》のクソならともかく、なぜ、人間が！　でもだからって何なわけ⁉　うちの子は不死身が売りなんだから。穴ボコ一つ空いたって関係ないですわ！」

『オワ～ン⁇』

「何してるのッ！　さっさと再生おし！」

『　オ　ワ　ワ　ワ　ワ　ワ　』

甘草《あまくさ》にとっては予期せぬことが起こった。

黄金に輝く巨大な鬼ノ子《きのこ》は、その巨大な傷を塞ぐどころか――

傷口から「ぽこぽこぽこ」と次々に小さな自分を生み出し、どんどんと小さくなっていくのである。新たに生まれた小さな鬼ノ子《きのこ》たち（といっても身の丈六尺ぐらいはある）は、鬼ノ子《きのこ》城の身体《からだ》によじ登ったり、思い思いにそこらをうろつきまわって、

「ずっどどどん」

「おまえだれ？」

「おれだれ？」

「はらへった」

統一性のない行動を繰り返している。

「ちょ……ちょっと!!　何を分裂してますの、あなたたちっっ！」

甘草《あまくさ》が焦《あせ》るのも無理はない。一度結合した鬼ノ子《きのこ》が分割されるなど、過去にあったためしがない。

「元に戻りなさい。あの赤いのを殺すのよ！」

「だれこいつ？」

「けば」

「けばくねえのわよ——ッッ!!　い、言う事を聞かない。赤星《あかぼし》、何をしたの!!」

「さっきの瞬《またたび》火剣《けん》で、こいつらの心にさわった」

どんどん細かく、個体に分かれてゆく鬼ノ子《きのこ》城の残骸の上に立ち、ビスコが尻尾を揺らす。

複数の鬼ノ子《きのこ》に頬をつつかれながら、鬱陶しそうにそれを跳ねのけている。

「操られてねえで『哲学』を持てってな。『哲学』は『個性』になり『個人』を産む。自然、こいつらもそうなった」

「ば、ばかな。いかに瞬《またたび》火剣《けん》とて、縁なきキノコの心に入れるはずが！」

「縁は大ありだ、バカ！　こいつらは俺の息子だぞ」

ビスコはそこまで言って鬼ノ子《きのこ》城・壱の前に立ちふさがり、背後の鬼ノ子《きのこ》たちへ向けて声高に叫んだ。

「もう一体のデカブツも俺が必ず助ける！　お前らは安全なところに逃げてろ！」

「「「………。」」」

一方の鬼ノ子《きのこ》たちがそれぞれ顔を見合わせ、

「あれだれ？」

「ママだぞ」

「あれママ？」

「顔こわくね？」

「オギャバブ」

口々に勝手なことを言っている間に、ビスコは砂金の上を跳ね駆け、もう一体の鬼ノ子《きのこ》城へと向かっていく。

「なァァ――――にがッ……」

血走った目を剝《む》き出《だ》しにして、

「何が瞬《またたび》火粒子だ。なにが瞬《またたび》火剣《けん》だ、コラァッ」

しゃちほこの上で白猫が吼《ほ》える。

「ひとりの心をちまちま変えてなんになる。世界がひれ伏さずしてなんとするッ！　今のアタシにはッ！　この超《ちょう》信矢《しんし》があるんだアッ!!」

（月餅《げっぺい》とキノコ城、相手は二体）

超《ちょう》信矢《しんし》をぎゅるりと手元に戻す甘草《あまくさ》を見ながら、ビスコは再び太刀を抜き放つ。

（瞬《またたび》火剣《けん》で干渉できるのは一体だけだ。さあて、どうする！）

ずうん、ずうんと前進してくる巨大な影を睨《にら》んでいると、

ぴょこぴょこぴょこ、

と、近くへ走ってくる複数の鬼ノ子《きのこ》がある。

「……げぇっ、なんだお前ら!?」

「マンマ」

「あれ買って」

「逃げろっつっただろ!!　……うわァッ、やばいっっ」

至近距離から、ばうんっっ、と放たれる金鐘砲《ゴールド・ベル》！　自分一人ならともかく、周囲の鬼ノ子《きのこ》

をいかに護《まも》るかで反応が遅れる、そこへ、

「「「ずっどどどーんっ!!」」」

ビスコの眼前に数十体の鬼ノ子《きのこ》がすばやく飛び出し、頑強な壁となって砲弾を受け止める。

鬼ノ子《きのこ》の壁が放り投げた砲弾ははるか後方に着弾して、そこで黄金の飛沫《しぶき》をあげた。

「うおお……!?」

驚くビスコの周囲で、

「「「ずっどどーん！」」」

「ママに　てをだすな！」

「おれがやった」

「おれだが？」

「は？」

鬼ノ子《きのこ》、いや、己の意志を獲得したキノコたちは、まるで親を見たアヒルのようにビスコにくっつき、わいわいと取っ組み合っている。

この脳味噌《のうみそ》からっぽ生命体のどこにあんな力が、と思うが、考えてみれば超信弓《ちょうしんきゅう》から生まれた新生児たちである。その気になれば不可能はないのだ。

「お、お前ら……」

ビスコはわずかに惑った後、電撃的に打開策をひらめき、鬼ノ子《きのこ》のうち一体の傘を前後に揺さぶった。

「おい。俺が月餅《げっぺい》をやる間、皆でデカブツの足を止められるか⁉」

「あしをとめる？」

「やっつけるってことだ。できるか？」

「む——ん？」

鬼ノ子《きのこ》たちはわいわい集まって、口々に相談を始める。「できるぞ」「できないぞ」……放っておけば延々と続きそうなそれを、ビスコは思い切ったように一喝する。

「できる！　できると思えばお前らに出来ないことはないんだ……そうだ、出来たら何でも好きなモン買ってやる（パウーが）。それでどうだ⁉」

「すきなもの？」

「おふろセット」

「にんてんどー」

「何でもいい！　欲しけりゃ欲しいほど、お前たちは強くなる……お前たちは可能性の赤ん坊なんだ、何が相手だって負けやしない！」

「「「む——ん‼」」」

キノコたちの瞳が、ビスコの言葉によって一層輝きを増した。背後から、ばうんっっ！　と再び襲う金鐘砲《ゴールド・ベル》を、肩車で作ったキノコのバットで撃ち返し、

「「「かかれ――――っっ」」」

どどどどどっ、と金の砂埃《すなぼこり》を上げ、およそ百体のキノコたちが鬼ノ子《きのこ》城へと突貫してゆく。その脚といい身体《からだ》といい、一斉に無数の鬼ノ子《きのこ》に群がられた鬼ノ子《きのこ》城は、身体《からだ》の自由を奪われて『オ　ワ　〜　〜　〜　ッ　ッ』と苦悶《くもん》の声を上げた。

「な、な、何てことですの、わたくしの鬼ノ子《きのこ》が。あんたたち――っ‼　誰がこれまで面倒見たと思ってんのですの！　恥をお知りなさいっっ‼」

「キノコになァ――ッッ！」

「げぇッ」

陽光を隠す、大上段に振りかぶるビスコの影！

「恩だの、義理だの！　筋違いなんだよォ――ッ‼」

がぎぃんっっ‼

甘草《あまくさ》が咄嗟《とっさ》に引き抜いた超信矢《ちょうしんし》と、ビスコの大太刀がカチ合った。

「月餅《げっぺい》！　大した意志力だよ。なかなかそう思い通りに超信矢《ちょうしんし》は動かせねえ……が！」

続く三、四、五合と二つの閃光《せんこう》が打ち合い、肉薄した二人の額がぶつかり合う。

「あいにくその力は俺たちのでな。てめえ一人にゃ、猫に小判なんだぜッ！」

「勝った気でいるのかしら。にゃかかかか……！　人間風情《ふぜい》がおめでてえのだッ！」

じゃッ！　と、超信矢《ちょうしんし》を操る右掌《てのひら》、その逆の爪がビスコを襲った。術師と思い法力のみを警戒していたビスコへの、思わぬ不意打ちである。

「！　うおッ」

「そこォッ」

胸への致命傷を避け跳び退《すさ》ったビスコへの、超信矢《ちょうしんし》の追撃。咄嗟《とっさ》に構えた大太刀の刃《やいば》を、黄金の矢の一撃が、ばぎぃん、と盛大に叩《たた》き折る！

「うえっ⁉」

「あーッ、はははは……‼」

ぜえぜえと荒い息をつきながら、瓦屋根の上で甘草《あまくさ》が嗤《わら》った。足の下では、鬼ノ子《きのこ》に纏《まと》わりつかれた鬼ノ子《きのこ》城が、大腕を振るってそれらを引きはがしている。

「羊羹《ようかん》の奴《やつ》いかなる技法で、瞬《またたび》火剣《けん》を伝授したか知らねえが。肝心の刀がなくては、それも徒労に終わったというところね」

「ふーん？」

ビスコは見事にへし折れた大太刀を眺め、つまらなそうに投げ捨てる。

「もともと刀はハンデだ。サムライの礼儀と思って振ってたが、折れちゃしょうがねえよな」

「ハッタリを遺言にしてくたばれ、クソガキぃッ」

直線上、
びゅんッ、と飛んだ超信矢《ちょうしんし》を跳びかわして、徒手空拳で頭上から迫るビスコ！

『つつへびけん』、」

（バカが……！　人間の身体《からだ》で、これは避けられないッ）

中空へ躱《かわ》すことまで、甘草《あまくさ》は織り込み済みであった。超信矢《ちょうしんし》は「くい」と動かす指の動きで反転し、甘草《あまくさ》へ飛び掛かるビスコを貫こうと、一直線に直進する。

「死ィイねェエ――――ッツ！」

「『いぐあな』ッ‼」

すぱんっっ！

閃《ひらめ》いたのは――

超信矢《ちょうしんし》ではなかった。イグアナ騎兵が敵に打ち付けるように閃《ひらめ》いたビスコの尻尾が、背面から迫る超信矢《ちょうしんし》を見事に撃ち落としたのである。

「⁉」

「からのォォ――――ッ」

嗤《わら》うビスコの大牙が、ぎらりと光る。

「『筒蛇剣《つつへびけん》ッ・飛び河豚《ふぐ》ッ！』」

ぎゅばっっ‼

着飾った甘草《あまくさ》の襟首に、ビスコの強靭《きょうじん》な牙ががぶりと喰《く》いこんだ！　膨大な鮮血を噴き出した白猫は悲鳴を上げ、激痛にその眼《め》を見開く。

「にゃがあああッッ⁉」

「ううううおおおおおおっっ‼　『筒蛇剣《つつへびけん》』！」

ビスコは脅威の背筋でもってそのまま咥《くわ》えた甘草《あまくさ》を引っこ抜き、

「『筒《つつ》　蛇《へび》』イイ――ッッ‼」

空中でしなる巨大な神蛇が地面に喰《く》らいつくがごとく、背後の瓦屋根に、どがんッッ‼　とその脳天を叩《たた》きつけた。

砕け散る屋根瓦、辺りを舞う白煙！

「がばァッ」と口から血を噴き、白目を剝《む》く甘草《あまくさ》。

「ごばッ、ご、あああ……」

「『人間』も、そこそこ狂暴だろ……！」

ビスコはしゅばりとしゃちほこに跨《また》がり、血に塗《まみ》れた口元を拭う。

「そ、んな、」

ぎぎぎ、と瓦を爪で引《ひ》っ掻《か》き、痛みと怒りでぶるぶると震える甘草《あまくさ》。

「はずがねえ。アタシが負けるはずが。超信矢《ちょうしんし》は、願いを叶《かな》える力のはず……」

「碌《ろく》に祈りもしねえで、願いが叶《かな》うかよ」

上目に血走った白猫の眼《め》と視線を合わせて、ビスコが語気を強める。

「お前は超信矢《ちょうしんし》の持つ可能性に、逆に操られたんだ。力と野望がちぐはぐなんだよ。はじめから自分ひとりの祈りで戦っていれば、結果は違ったかもしれねえ」

「…………。」

「さあ、矢を返しな。今度はお前一人で——」

「…………にゃ、かか、にゃかかかかか……！」

「…………。」

「悟りに、堕したわね、あかぼし……！」

しゅだっ、とその場から跳び退《すさ》って、甘草《あまくさ》がゆらりと妖しげな印を結ぶ。鮮血を口からぼたぼたと零《こぼ》しながらのその姿に、

（こいつ！）

それまでと異質なものを感じ、ビスコが猫耳を立てて爪を構える。

「あたしは、お腹《なか》がすいているだけだわ。この世界の誰よりも、お腹《なか》がすいているの……幾億の言葉を詰め込まれたって、『飢え』は満たされない」

「だからって、奇跡で腹を満たすのか！　お前は、そんな女じゃ——」

「てめえも、羊羹《ようかん》も！」

「下らねえ悟りの中で干からびていけ。」

「あたしは、」

「ぱらいそに、」

「行くんだァア――――ッッ!!」

（まずい。超信矢《ちょうしんし》が！）

それまで甘草《あまくさ》の掌上《しょうじょう》で黄金に光っていた超信矢《ちょうしんし》が、ぎらりと唸《うな》る甘草《あまくさ》の死《し》に際《ぎわ》の祈りを吸って、ゆらめく虹色の輝きを放ち始める。

「……きれい。彗星《すいせい》みたい……」

「月餅《げっぺい》！　だめだ、それから離れろッ！」

「超信矢《ちょうしんし》よ！　我が無限の飢えを糧《かて》に、奇跡叶《かな》えたまえ――ッッ!!」

甘草《あまくさ》はしゃちほこを蹴って中空へ浮遊すると、頭上に掲げた超信矢《ちょうしんし》へ呼び掛ける。ごごごご、と凄《すさ》まじい竜巻が超信矢《ちょうしんし》から起こり、黄金の都と化した猫摩《びょうま》城下の全てをまるごと吸い上げるように吸収してゆく。

『オ　ワ　ワ　～　～　ッ　』

鬼ノ子《きのこ》城も、

「なんだなんだ」

「オワ～ン！」

「すわれる～～」

　キノコたちに至っても同様である。まるでブラックホールのように渦巻く超信矢《ちょうしんし》の力場に、黄金の素質を持つもの全てが呑《の》み込まれてゆくのだ。

　吸われてゆく鬼ノ子《きのこ》城の屋根を蹴ってかろうじて地面に飛び降りたビスコは、

「げえぇっ」

　猫摩《びょうま》上空に作り出されたものに、思わず驚嘆の声を上げて固まった。

　もはや小惑星の規模である。その黄金の球体は、肌全体に様々なキノコが咲き乱れ、いうなれば可能性の胞子の集合体であった。

「礼を言うわよ、赤星《あかぼし》」

　ビスコのもとに集うミロとチロル。それへ向けて、顔の穴という穴から鮮血を吹きちらかし、甘草《あまくさ》が声高に叫ぶ。

「おまえとの共鳴に超信矢《ちょうしんし》が応えた。この『超信球《ちょうしんきゅう》』の完成こそ！　あたしの悲願、ぱらいそへの切符。この猫の世界のすべてを融和し！　世界を創りなおすもの！」

「やめろ月餅《げっぺい》！　繰り返しになるだけだァッ」

「ひとりぼっちになるよ！　作られた自由なんて、自由じゃない！」

「化粧濃いぞ！」

「うるッせエんだよクソガキ共ォッ」

　吼《ほ》える甘草《あまくさ》の頭上で、『超信球《ちょうしんきゅう》』が臨界に達する。

「こいつでおさらばだ。てめえの心も、他とまぜこぜにして！」

「来るぞ！」

「猫摩《びょうま》の土にしてやるあァァ――――ッッ!!」

ぶうんっっ!!

甘草《あまくさ》の手が振り下ろされると、上空から「ずおおおお」と大気を揺るがせて、巨大な胞子の惑星が地表に迫ってくる。

「ひえええッ。に、逃げようよ、赤星《あかぼし》！」

「どこに逃げても同じだ。着弾したら、世界まるごとキノコだ」

「そしたら、撃ち落としてよ、いつもので！」

「力でどうこうなる話じゃないよ。羊羹《ようかん》さまの奥義《おうぎ》も、あんなのが相手じゃ……」

「……いや。なるほど」

ごごごごご、と迫る胞子の惑星を眼前にして、ビスコの顔には妙な落ち着きがある。

「そうか。やっとわかった……来るべくして、俺はここに落ちたのか」

「ビスコ？」

「ミロ。真言弓《しんごんきゅう》だ！」

「！　はいな！」

ビスコは静かに目を閉じ、心中に羊羹《ようかん》を……

いや、
ひとりの女を思い浮かべる。

瞬火《またたび》の、粒子が……

ビスコの周囲にふつふつと湧き上がり、紅蓮《ぐれん》の色をきらきらと放ちはじめる。ミロとチロルの詠唱に合わせて、瞬火《またたび》粒子はすらりと半月の軌道を取り――

「……こ、これは！」

「来たぜ」

「真言弓《しんごんきゅう》じゃ、ない⁉」

紅蓮《ぐれん》の輝きに瞬《また》く半弓に変化する！

「顕現・瞬《またたび》火弓《きゅう》！」

「またたびきゅう⁇」

「わあっ。ぼさっとしないで！　もう来る、落ちる落ちる！」

すでに周囲の木々を衝撃で消し飛ばすほど、超信球は肉薄している。確信とともに瞬《またたび》火弓《きゅう》をぎりりと引き絞るビスコ、それへ向けて甘草《あまくさ》は、

「超信力《ちょうしんりき》の塊に、力でかなうものか。どんな破壊力を打ち込んだところで、あたしが呑《の》み込んでおしまいだアッ」

「知ってるよォ。もとは俺の力だ」

「俺と僕の、でしょ」

「はい」

「かァァアッツ」

己の身も裂けよとばかりに法力を注ぐ甘草《あまくさ》の一方で、ビスコとミロは紅蓮《ぐれん》の矢を引き絞り、超信球《ちょうしんきゅう》に狙いを定める。

「行くぞ、ミロ！」

「『瞬火剣《またたびけん》』、」

「『究極奥義《おうぎ》』ッ！」」

「潰れろォオッ」

「『瞬《また》火《たび》弓《きゅう》ゥゥゥ――――ッツ!!』」

しゅぱんっっ!!と小気味良い音とともに、紅蓮《ぐれん》の矢が真一文字に飛び、空気を引き裂いて巨大な胞子の惑星に向け……

ぷすん、と、
突き刺さった。

「…………はっ？」

弩《ど》派手な前触れからの、この一矢《いっし》……

真言弓《しんごんきゅう》や霊雹弓《れいびょうきゅう》の持つ強大な破壊力を目《ま》の当《あ》たりにしていただけに、チロルの期待もそれ

以上のものだったのだが、

「にゃ、にゃんだ、ぷすん、て⁉」

予想外の威力のなさに逆に驚愕《きょうがく》してしまう。

「……手応えはあったけど。おかしいな？」

「おかしいなじゃねえんだよ────っっ‼　いつもなら、ずばあん、どごおん、って、アレをぶっ飛ばすとこでしょ！」

「そう言われてもなあ」

「まあ、今までも奇跡の積み重ねだったからね」

「そうだ。奇跡を前提にしてはいけない」

「達観するにゃああ──っっ‼　見ろあれを‼　今からあたしたちは、あれにっ！」

眼前、もはや触れられるほどに迫ったキノコの巨星を指さして、チロルは、

「……あれ？」

再び、意外なことに気付き、語気を弱める。

止まっているのだ。

巨星が接近をやめている。……いや、それどころか、徐々に動きを反転させ、中空に持ち上がってゆくのだ。その逆運動は、どんどんと勢いを増し……

「う、お、おおおおおっっ⁉」

法力を注ぎ込み続ける、甘草《あまくさ》のほうへと逆流していく。

「にゃ、にゃに急に⁉　隕石《いんせき》が……」

「ビスコ」

ミロが相棒の横顔を覗《のぞ》き込む。

「さっきの瞬火弓《またたびきゆう》を撃ったとき、今までにない……すごく優しい気持ちを感じたよ。月餅《げっぺい》に……甘草月餅《あまくさげっぺい》の心に、何をしたの？」

「何をした、というか、」

ビスコは、澄んだ瞳で、逆流する巨星を見つめている。

「何もしなかったというか……」

「……？」

「そもそもあいつは、自由なんてべつに欲しくなかったんだよ、ミロ」

「……。ただ、『幸せに、なりたかった』？」

「うん。俺たちは小さく、そう囁《ささや》いただけだ」

ビスコは静かに言って、瞬火弓《またたびきゆう》を中空に放り投げる。瞬火弓《またたびきゆう》は空中で瞬火《またたび》の粒子に分解され、遠ざかっていく超信球《ちょうしんきゆう》を追って漂ってゆく。

「な、なぜだ。なぜ言うことを聞かない⁉　救うべきは世界だ。あたしの方じゃないっ！」

『ご　ご　ご　ご　ご　ご　』

「や、やめろ、来るな……来るな、」

『ぐ　お　ご　ご　ご　ご　』

「うおおおああっ‼」

ずうううんんっっ。

中空で甘草《あまくさ》が展開した黄金の障壁が、辛《かろ》うじて超信球《ちようしんきゆう》を受け止める。極大質量の胞子の球がそれしきで止まる筈《はず》もなく、肥大しきった自らの力の結晶の前で、甘草《あまくさ》は全身に血管を浮かせて『ぶしぃッ』と鼻血を噴き出す。

「こ、こんな。こんなもの、」

『ぱ　ら　い　そ　さ　』

「ちがうっっ‼　ちがう‼　あたしはああっっ‼」

『い　く　だ　ー　ー　』

「うううおおおおおなあああ────────ッッ！！！」

ず、
どおおおおん！

「「うわあああっ！」」

轟音《ごうおん》！　超信球《ちようしんきゆう》が成層圏で弾《はじ》け、黄金の飛沫《しぶき》が辺りに飛び散る。衝撃で吹き飛んだ少年たちはゴロゴロと後方に転がり、数十メートル後にようやく体勢を整えた。

「なんつー衝撃だ。無理矢理破壊したら、どうなってたか……」

「……ビスコ、猫耳が！」

「んお？」

ミロに言われるがままに、ビスコが頭上を触ると……そこにあったはずの猫耳が、しゅるしゅると頭皮の中に引っ込む感触がある。

「おおっっ⁉　何だ⁉」

「見て！　あたしも。爪も、尻尾も引っ込んでく！」

金色の猫眼《ねこめ》も今や人間のそれへと戻り、

「うわーい！　治った！」

チロルはぴょんぴょんとそこらを跳び跳ねて喜んだ。最中に着物から数枚の小判が零《こぼ》れ落《お》ちたので、「やべ」などと呟《つぶや》いて拾い集めている。

「甘草《あまくさ》の超信力《ちょうしんりき》がリセットされたのかな。……だとしたら、鬼ノ子《きのこ》も、」

「おいミロ！　空から猫が降ってくる！」

ビスコの言うとおり、はじけ飛んだ巨大な超信球《ちょうしんきゅう》はいまやその主を失って元に戻り、鬼《き》ノ《の》子《こ》だった猫を元の姿に戻していた。中空から落ちてきた猫たちを拾おうと少年たちは慌てて駆け寄るが、

「んにゃっ」

「にゃほい」

猫たちは流石《さすが》の身のこなしというべきか、もともとの高所に強い性質を生かして難なく着地してゆく。

「戻ったぞ」

「にゃんともはや！」

等々そこらへんで騒ぐ猫たちを見回して、ミロは安堵《あんど》の溜息《ためいき》をひとつついた。

「あかぼし！　ねこやなぎ！」

駆け寄ってきたのは……

かつて地下黄金宮で二人を逃がした、老中・柴舟《しばふね》である。

「無事であったか。甘草《あまくさ》を、見事打ち破ったな」

「じじい」

「ご家老も、ご無事で！」

「無事ではないわい。あんな不格好な、鬼ノ子《きのこ》城などというものにさせられて……いや、そんにゃことはいい。殿は。上様はご無事なのか！」

少し不安そうにビスコを見るミロに、ビスコが答える。

「無事だよ。ただ、最後にちょっと仕事があるって言ってたな」

「仕事とは。甘草《あまくさ》が滅び去った今、何の憂いがおありというのだ!?」

「甘草《あまくさ》……そういえば、」

はっ、と気が付いたように、ミロがビスコの腕を引く。

「超信矢《ちょうしんし》がどこにもない！　どこに落ちたんだろう、早くあれを探して、壊さないと！」

「いや。もういいんだ」

ビスコは妙に確信ありげに、ミロに頷《うなず》き返す。

「そっから先は任せることにした。もう、猫の問題だからな」

「ビスコ……？」

お互いの無事を喜び合う猫の民衆を見渡しながら、ビスコが静かに言った。

「猫の振りみてわがふり直せという言葉は、今日この日のためにあったんだな」

「誰もそんなこと言ってませんが⁇」

「帰るぞ、ミロ！」

「え⁉　わアッ」

突然、自分の手を引いて駆け出したビスコに、ミロは驚きながらも、星の瞳を見開いて問いかける。

「どうしたの急に！　ねえ、ビスコってば！」

「待たせ過ぎた。一秒が惜しい」

「ビスコ……！」

「かんたんなことだった」

疾風のように駆けてゆくビスコの瞳は、何か確信を得たかのように、ただ脈打つ心にまかせて、静謐《せいひつ》に輝いている。

「不器用だぜ。いつもそうだ。あれだけ弩《ど》派手にやって、命まで賭けて……」

ミロは……

相棒の心の慟哭《どうこく》を感じ取って、
呟《つぶや》くビスコの側《そば》へ寄り、その耳元に唇を寄せて、静かに囁《ささや》いた。

「最後に手元に残るのは、かんたんなことがひとつだけ？」

「…………。」

「そうかもね。でもひとつきりでいい、他にいらないんだもの。実際のところ、きみを愛すること以外、僕にはいらなくなった」

「…………。」

「おびえないで、ビスコ。ビスコがそう思ったなら、きみから誰かに触れてもいいんだ。あの日忌浜《いみはま》で、僕を攫《さら》ったみたいに……」

返事の代わりに、ビスコは相棒の手のひらを強く握った。猫摩《びょうま》国《こく》の空は雲間から幾筋もの陽光を地面に差し伸べ、駆けゆく少年たちを照らし続けた。

10

茅《かや》の綿毛が――

白く一面に薙《な》いでいる。

腰ほどもあろう高さのそれら尾花は、月光に照らされて美しく、どこか妖しく光り、撫《な》でつける北風に一様に身体《からだ》を遊ばせている。

この夜は、月が狂ったかと思うほど、明るかった。

……。

ぜろ、ぜろ。

荒い息の音がする。

喉に血の絡《から》んだ、粘性の息。吸い込む、吐き出すのすら億劫《おっくう》なそれを、己の矜持《きょうじ》にかけてようやく為《な》しているといった風体である。

ぜろ、ぜろ。

白い猫、である。

身を引きずって、どこかへ向かっている。ともすれば茅場《かやば》の白に溶けてしまいそうな毛色の猫はしかし、茅《かや》の穂先に身体《からだ》を擦るたび、そこにべっとりと鮮血を塗り付けた。

遠目で見れば……

白い茅場《かやば》に、べったり一筋続く血の道が、くっきりとその猫の道程を示している。

そういう有様《ありさま》であった。

……。

（て、寺まで、）

ずるっ！

自らの血で滑り、白猫が体勢を崩す。土を咬《か》む爪すら剝げ落ちたその足では、もはや体を保つことすら至難であるのか、べしゃあ、と地面に倒れ込み、

「ぐ、ぐ。くく……」

折れそうなほどに牙を嚙《か》み締《し》めて、唸《うな》る。

（小判寺まで、ゆきさえすれば）

地に伏して唸《うな》る白猫の怨嗟《えんさ》に応えて、ぴかり！　と、その手に輝くものがある。

超信矢《ちょうしんし》であった。

白猫は黄金の矢を杖《つえ》代わりにして、ぐぐぐ、とその身体《からだ》を起こし、おそるべき執念で茅《かや》の野をかきわけ、ずるずると前進を再開する。

死に体の、有様《ありさま》でありながら……

その姿を常世《とこよ》の猫が見れば、鬼かあやかしかと見紛《みまが》ったことであろう。

（運が……）

（悪かったに過ぎませんわ。）

（勝ちですの。）

（わたくしは勝ったのです。）

（超信矢《ちょうしんし》はこの手にあり……）

（今一度、小判寺の地の底で、機を待つのよ。）

（この力があれば、まだ創世も可能なはず。）

（瞬火剣《またたびけん》も、その頃には——）


「とうに途絶えていようと、そういう算段か」


声。

はっ、と、白猫びくりと身を竦《すく》め、ずざぁっ、と跳んで後ろを振り向く。

「何者！」

わかっている。

それが何者か、白猫はすでに理解している。

黒く艶《つや》やかな毛並みが照らされ、白い茅場《かやば》の中で輝く。眩《まぶ》しいほどの月光の下、宿命の因縁ありき二人の猫は、

「傷だらけになってまで、瞬火弓《またたびきゆう》を拒んだのか、甘草月餅《あまくさげつぺい》」

「八ッ橋羊羹《やつはしようかん》ッッ！」

お互いの黒と白を見つめ、向かい合った。

しばしの、沈黙――

ぜろぜろと、甘草《あまくさ》の荒い息だけが、風の薙《な》ぐ茅場《かやば》に響きわたる。血走った甘草《あまくさ》の視線とは裏腹に、羊羹《ようかん》のそれは澄み切っている。

「あたしを斬りにきたの。生意気にその身体《からだ》でえッツ」

呑《の》み込まれまいと、甘草《あまくさ》ががなった。言葉どおり羊羹《ようかん》はいまや隻腕である。かつてと同じ瞬火剣《またたびけん》は振るえぬと見て間違いない。

「この超信矢《ちようしんし》をごらん。全盛のお前でも敵《かな》わなかったこの神器に、今の――」

「斬りに来たのではない」

「はッ!?」

「顔を見たかった。話をしたかったのだ」

ぽかん、と口を開ける甘草《あまくさ》の目前で、

「己《お》れが悪かった。」

ぺこり。

一国の主《あるじ》が……

八代将軍・八ッ橋羊羹《やつはしようかん》、何の惑いも臆面もなく、頭を下げてみせたものである。

これには、

（な、な……）

流石《さすが》の邪仙甘草《あまくさ》も、開いた口を閉じることができない。

「何のつもりですのっっ!!　わ、わたくしを、愚弄するつもり!?」

「許してはくれぬか」

「ゆ、許すとか、許さないとか、」

「あの時、八ッ橋《やつはし》将軍家を壊滅させたお前の……」

腰に差した新しい刀をちらりと見て、羊羹《ようかん》は甘草《あまくさ》に視線を戻す。

「修羅の心を、何故《なぜ》、変えられなかったか。その悔恨が、己への不甲斐《ふがい》なさが、『瞬火剣《またたびけん》』の、心に触れる力を生んだのだ。だが――」

「や、やっぱりッ！　そうなんですのねっっ!!」

故も知れぬ涙が、月餅《げっぺい》の目尻から溢《あふ》れ、頬の血を拭い溶かしてゆく。

「そのクッソいまいましい瞬《またた》火剣《けん》で、わたくしの考えを変えようと。平和の中に溶けこませようと！　そのつもりで来たのでしょう！　そ、そんなの、わたくし、」

「違う！　待ってくれ、月餅《げっぺい》──」

「御用だ──ッツ」」

「む！」

声に白い茅場《かやば》を振り返れば、
鉢巻をした無数の猫侍たちが、その四つ足で一斉に駆けてくるところである。

「甘草月餅《あまくさげっぺい》！　猫摩《びょうま》の秩序のもとに、御命頂戴──ッツ」」

「いかん。嗅ぎつけられたか」

「くそッ！　やっぱり。どこまでも、あたしのこと、バカにしてェッ」

悔しさに涎《よだれ》を咬《か》み零《こぼ》す月餅《げっぺい》は、迫り来る猫の軍勢を退けようと、手に持った超信矢《ちょうしんし》に法力を込める。超信矢《ちょうしんし》はわずかに鳴動し、黄金の光を放つも……

「くううっ……。くそうっ。くそううっ……。」

最早《もはや》、祈る心を失った甘草《あまくさ》の力では、その超力動かすことかなわぬ。

(同じだわ)

路地裏で、魚一匹のために、嬲《なぶ》り殺されそうになった幼き記憶がよみがえる。

(黄金も、超力も失って、結局は。一番見下げていたものに、嬲《なぶ》られて死ぬのね)

超信矢《ちょうしんし》を握りしめて、ぽたぽたと涙の垂れ落ちる、その白い手に……

黒く艶《つや》やかな手が重なった。

「集中せよ。かような強大な力、お主の才なくして動かぬ」

「……⁉　羊羹《ようかん》、あなたっ」

「集中、って、だってあなたっ」

「月餅《げっぺい》！」

「ひゃいっ！」

白猫と黒猫、二人の交錯する意志力を受け取って――

超信矢《ちょうしんし》はいまふたたび、月光の下に黄金の輝きを取り戻した！

「にゃ。にゃんだ、あの光は！」

「恐れるなーっ！　相手は手負いぞ。首を取るのだ――っ！」

羊羹《ようかん》、落ち着いた声で、

「相手は軍勢。茅場《かやば》を隆起させて吹き飛ばすのだ。用意はいいか？」

「ちょちょちょ待って待ってっ！　相手は侍よ、あなたの部下じゃないのっ！」

「だから傷をつけぬ。足止めをするだけだ」

「ありえない。謀反《むほん》だわっ、将軍自らお国に楯突《たてつ》くなんて、そんなことっ！」

「できなかった。あの時は……」

少し遠い眼《め》をして……

羊羹《ようかん》はその曇りなく輝く双眸《そうぼう》を、月餅《げっぺい》のそれと付き合わせた。

「今は違う。人間の少年が、本当に大切なものは何か己《お》れに教えた」

「よう、かん……！」


「国も、剣も、捨てる。」

「使命も、才覚も、いらぬ。」

「己《お》れには、」

「お前だけだ、月餅《げっぺい》──」

お互いの手で、超信矢《ちょうしんし》を握りしめながら……
羊羹《ようかん》の、優しい口づけが、
月餅《げっぺい》の唇を捉え、こわばったその心を解きほぐした。
愛《いと》しい雄猫の抱擁を身体《からだ》中に感じながら、月餅《げっぺい》は一筋の涙を頬にこぼす。
怒り、憎しみ、悔しさ。
ずっと月餅《げっぺい》が囚《とら》われていた、修羅の涙ではない……
ただ、
愛のそれであった。
「「にゃにゃ！　あれをみろ！」」

「「にゃーにをしとるんだ、この大勢を前にっ！」」

「「色ぼけ猫め！　かかれーっ！」」

……ぎらり！

陶然と羊羹《ようかん》の口づけに身を任せていた月餅《げっぺい》は、恋路を邪魔する相手に向けて一際《ひときわ》強い眼光を放ち、燦然《さんぜん》と輝く超信矢《ちょうしんし》を片手で操ると、
ずどん、ぼぐんっ！

ずどん、ぼぐんっ！

「「にゃ――――っっ!?」」

「「にゃぼ――――っっ!?」」

ずどん、ぼぐんっ！　ぼぐんっ！　ぼぐんっ！

黄金に輝くエリンギの群れでまたたくまに猫の大群を弾《はじ》き飛《と》ばした。それまで微小な力しか持たなかったはずの月餅《げっぺい》、完全な回復である。

「……む。む、むぐぐ。いはん、ながい、はにゃせ！」

「いや。やめないで。離さないで」

「いかぬ。月餅《げっぺい》、敵をなんとする！」

「片付けたわ。キスの間に」

「ええっ。……お主、殺してはいまいな！」

「ええ。だから起き上がってくるわね。殺しときゃよかった……きゃっ！」

羊羹《ようかん》は月餅《げっぺい》の言葉の終わり際、その白い身体《からだ》を隻腕の身に担《かつ》ぎ、茅場《かやば》を一心に逃げ出してゆく。

「さあ、これが我らの自由ぞ。心のまま、どこまでも行こう」

「ち、違う。こんなの！　猫の国から逃げたら、猫の社会から弾《はじ》かれるということ。誰よりも強き猫の規範であったあなたが、『猫』でなくなってしまうのよ！」

「では今日かぎり『猫』は辞めだ」

「――」

「超信矢《ちょうしんし》よ！」

超信矢《ちょうしんし》が羊羹《ようかん》の声に輝き、摑《つか》んだその身体《からだ》をぶわりと宙に舞わせ、そのまま放たれたように夜空へ飛んでいく。

ぶわっ！　と空気が裂けるように雲が晴れ、その向こうには、巨大な『猫の顔』が、

『んマ――――――――オ。』

と、人界へ続くゲートを空に開けている。

「ネコを捨て人間になろう、月餅《げっぺい》。あの少年らの生き方、魅力的であった」

「……。いやよ。人間は肌つるつるじゃない。寒そうだわ」

「では鷹《たか》に。狼《おおかみ》でもよい。已《お》れたちを探しに行くのだ――心躍るな、月餅《げっぺい》！」

「……。ばかね……。」

風が白黒の毛皮を撫《な》でる。

月餅《げっぺい》はその細腕を羊羹《ようかん》の首にからめ、頬をすり寄せる。心の中の鬼が、こうも呆気《あっけ》なく――

一瞬で粉と溶け去ってゆくのを、どこか他人事《ひとごと》のように、月餅《げっぺい》は感じている。

白と黒の猫は、超信矢《ちょうしんし》の運ぶ、黄金の流星となって――

そのまま、天に開いた猫門へ昇っていった。

猫摩《びょうま》国《こく》中の猫は、等しくそれに目を奪われてひととき立ち止まり、

『きれいだにゃ』

と思い、

そうしてすぐにそのことは忘れてしまった。

11

東日本一帯を脅威の感染力で襲った

『潜在獣性解放症候群』

通称『猫病』は、いっときは忌浜《いみはま》を中心とした関東から爆発的に広がり、新潟、群馬と次々にその都市機能を麻痺《まひ》させていった。

軍備にはそれぞれ自身のある各県も、原因不明の伝染症相手では為《な》すすべがない。「自分が猫になってしまう」という恐怖は瞬《また》く間《ま》に世紀末の民に伝染し、

「ちょっと！　猫病そこまで来てるって。猫になっちゃうよ、あたしたち！」

「別によくね？」

「コスの手間はぶける」

「商売どころじゃないんだって。咬《か》んだり引《ひ》っ掻《か》いたり、客もみんなやばいんだよ！」

「じゃあやばくね？」

「痛いのやなんだけど」

「西に逃げようってだから。ほら速く！」

等々、少しでも猫病から遠ざかろうと西へ西への大移動に駆り立てた。京都に通じる県境で

は、京都政府軍と民衆ゲリラが衝突し一触即発の様相だ。

たくましいのが、

「さあ！　このお鈴を買えば、猫になっても徳が保たれます！」

「爪、牙のお手入れにこの金粒子クリーナー」

「お耳飾り、お尻尾飾りはいかがですか。まあ、そこのお嬢ちゃんは、猫になったらさぞお可《か》愛《わい》いでしょうねえ――」

この刹那に生きるあきんどたちの商魂たるや、この世の終わりにかこつけて見事に日貨を巻き上げることに成功していた。果ては猫狩り過激派、猫病こそ救済と謳《うた》う新興教団も入り混じり、コトの良しあしは置いといて日本は凄《すさ》まじい生命力の奔流の中にあったのである。

猫病に対する有効打は一向に講じられないまま、あわやすべての人間が原始の狩猟動物に戻るかとすら思われた……

そんな折、

『あ〜、もしゅもしゅ』

全国に同時放映されたほんの三十秒の映像が、その動乱を静めてしまった。

『えーとね、』

『万霊寺《ばんりようじ》の調査によれば、』

民衆がとっくみあう街中の大型ディスプレイに、丸いフワフワ……

から、猫耳と尻尾をぴょんと飛び出させた、大茶釜《おおちゃがま》僧正が映る。

『大気中の瞬火《またたび》粒子が、さきほど一斉に消滅しましゅた。』

『原因は不明……。』

『だけど、まあ、どっちにしろ猫病は今日いっぱいでおしまいでしゅ。あやしい縁起物、鈴や小判は買わないように。』

『万霊寺《ばんりようじ》の数珠《じゅず》は買ってね。』

『ほんじゃ。』

『…………あっ、ちょうちょっっ!!』

蝶々《ちょうちょう》がカメラを横切った時点で、大茶釜《おおちゃがま》僧正がそれに飛び掛かってカメラを破壊したため、映像はその後砂嵐を垂れ流すだけになった。世紀末の民は、猫もそうでないものも、しばらく呆然《ぼうぜん》とそれを見つめていて……

それで本当に、
その日限り猫病はぴたりと収まり、ほどなく誰しもが元の姿に戻ってしまった。

＊＊＊

「知事。新潟からの難民受け入れの件ですが」

「知事！　猫病教の残党が栃木を占拠したとの急報です」

「団長、イグアナが人肉の味を覚えてしまい、どうしたものか……」

「知事！」

「知事！」

「パウー殿！」

「んんんうるさあああ――――――いっっ！！！」

県知事の執務室に積み上がる書類の山、山、山。その一角から、自分に積もった書類を弾《はじ》き飛《と》ばして、血眼になった県知事が叫ぶ。

「くだらんことで声をかけるな。このタスクの山が見えんのかぁっ」

猫耳も牙も引っ込んだ、すっかり綺麗《きれい》な人間の身体《からだ》だが……

日本中にとどろくその美貌には、今や濃いクマがびしりと刻まれ、連日連夜に及ぶおびただしい業務に、纏《まと》ったスーツすらくたびれきっている。

誰かに仕事を振ればいいのでは、とも思われるが。

腐敗を憎むパウーの剛権政治は、全ての政策をパウー本人を通してのみ承認する、そういうシステムに構築されており、猫病のゴタゴタで崩壊しかかったこの忌浜《いみはま》の秩序を回復するには、やはりパウー本人が仕事をするしかないのであった。

（う、う、眠い……）

『知事に向いていない』。

いつかの講談師の言葉が、入り組んだ針のようにずっと心を引《ひ》っ掻《か》いている。

自警団で、鉄棍《てっこん》を思うさま振っていた、あの頃が懐《なつ》かしい……

（でも。でも、私が頑張らなければ、忌浜《いみはま》は回らぬ……。私が、耐えなければ……）

「パウー知事！　朗報で……きゃぁぁっ」

執務室のドアが開くと、どどどっ!!　と凄《すご》い勢いで書類の海が廊下にこぼれた。ひとつの封筒を手に持った秘書の女の子は、その雪崩の上を走るようにしてなんとか室内に転がり込む。

「とんでもないお仕事の量。こんなの一人じゃ……」

「なんの用だ。追加の仕事なら、そこらへんに放っておけ！」

「ちがいますっ、知事！　ずっとお待ちになっていた、京都からの書類です！」

「京都から……？」

パウーのうろんな目が、秘書の声に一気に輝く。

「まさか！」

「そうですすっっ‼　前々から申請されていた、赤星《あかぼし》ビスコの……旦那さんの、手配免除の赦免状です。知事の念願かなって、とうとう受理されたんですよっ」

「み、見せてくれ！」

パウーはそれまで取り組んでいた『新潟難民受け入れ事案書』をそこらにかなぐり捨て、書類の上を跳ね跳んで秘書から封筒を奪い取る。

しゅぱん！　と爪で封筒口を斬り、中から書類を引っ張り出せば……

赤星《あかぼし》ビスコ
ならびに　身元引受人　猫柳《ねこやなぎ》パウー

赤星《あかぼし》ビスコの「指名手配」につき
貴殿より提出された　各種物証を稟議《りんぎ》の結果
各所より「恩赦覿面《てきめん》」との見解　一致せしため
本状の手続きをもって
赤星《あかぼし》ビスコを「人民」と認め
手配を解除します

ついては各種記入・捺印《なついん》のうえ
すみやかに返送されたし
〈京都政府〉〈印〉

パウーは積もり積もった精神疲労もどこへやら、その書類を抱きしめて陶然と溜《た》め息《いき》をつき、

（各所に根回しをした甲斐《かい》があった。これでようやく……）

「これでようやく、赤星《あかぼし》さんも、人として生きられますね！」

（……んん？）

「『キノコ守り』だなんて、まともな生き方じゃないし。社会に認められないままじゃ、絶対いやですよね。パウー知事が幸せな奥さんになれて、わたしも嬉《うれ》しいです！」

「あ……そんな、私は――」

「さ、ほかの仕事してる場合じゃないですよ。早くハンコ押してください！」

秘書に急《せ》かされて、
取り出した印鑑を、おそるおそるその書類に近づける……

（……そ、そうだ。）

（ビスコを、社会に認めさせないと。）

（ビスコだって、）

（人としての幸せを望んでいるはず。）

（これで、ビスコは。私の夫は、）

（真っ当な――）


ばりいんっっ!!

「！　きゃぁあっ!?」

その時、強化ガラスを突き破って、
真っ赤な影が執務室に躍りこんできた。影はきょろきょろと書類まみれの部屋を見回して、呆《あき》れたように言う。

「なんだこりゃ？」

「ビスコ!!」

「おう」

ぱちぱち、と瞬《しばたた》く翡翠《ひすい》の瞳と眼《め》を合わせ、パウーが驚く。

「な、何故《なぜ》、いちいちガラスを破って入ってくるのだ⁉　世の中にはドアというものが」

「『今、知事殿はお忙しく、誰にも会わせられません』」

「ええっ⁉」

「守衛にそう言われた。だから直接来たんだ」

ビスコは地面から一枚書類を拾い上げ、漢字ばっかりのそれに顔をしかめると、ものの数秒でそれを背後へ放る。

「パウー、行こう」

「行く……？」

「急になんですかあなたっ！」

秘書が叫ぶ。

「ご亭主といえどアポは必須ですっ。知事はお忙しくて……」

「どこへ。どこへ行くのだ、ビスコ？」

「俺が行くところへだ」

「あなたがそうやって、いっつも勝手ばかりするから！　知事がこんな苦労をしなくちゃいけないんです。この赦免状だって、ほら！　あなたのために――」

ぴんっ。

秘書が掲げた赦免状は、ビスコの指が弾《はじ》いたエノキ針に喰《く》い破られて、ぼわんっっ!!

一瞬でただのエノキ玉になりはてた。ビスコはパウーの身体《からだ》を抱き上げながら、書類の向こうの京都府に向かって吼《ほ》えかける。

「俺の許可なく俺を赦《ゆる》すな、ボケ！」

「ビスコ。私を、私をここで攫《さら》ったら、」

ビスコの首に縋《すが》るパウーの瞳が、不安と、不安ではない大きなものに、潤んで揺れる。

「こんどこそ本当に戻ってこれないぞ。私は無力になってしまう。日本から、お前を守ってやれなくなる！」

「うん。行こう」

「良《い》いのかっ！『人間』としての幸せを、捨てることになるんだぞっ！」

「お前も俺も、そんなもの欲しくないぞ」

「っ⁉」

ビスコの、表情は……

少年そのものだ。なるべく慟哭《どうこく》に寄り添いながらも、言葉を少なく、さっさと妻を攫《さら》ってその場から立ち去りたいという、なんとも不遜で純粋な振る舞いである。

「俺たちはビスコとパウーっていうつがいの猛獣なんだ。もともと『人間』と手を繋《つな》ぐには、ちょっと爪が鋭すぎる」

「ビス、コ……」

「決めたんだよ、パウー。俺の運命に、お前を連れていく」

戦慄《わなな》くパウーに視線を落とし……

ビスコは静かに光る翡翠《ひすい》の瞳で、パウーの藍色のそれを覗《のぞ》き込んだ。

「一緒に行こう。」

「……遅くなったよ、」

「ごめんな。」


それは……

ミロ以外の人の運命に触れることを、それまでタブーとしていたビスコの、無自覚な決意の言葉であったかもしれぬ。

結婚相手に、なおも干渉を避けるビスコの筋金入りの孤独主義……瞬《またたび》火剣《けん》の奥義《おうぎ》に辿《たど》り着《つ》きまでしてようやく、自ら妻の心に踏み込めたということだろう。

パウーは。

ビスコの曇りのないまなざしに、強い磁石のように吸い寄せられ、
何か所以《ゆえん》の知れぬ涙を、つ、と眼《め》の端から零《こぼ》した。

「ゆ、誘拐する気⁉　やっぱりキノコ守りだわ、頭おかしいっ！」

災難なのは秘書である。エノキに弾《はじ》き飛《と》ばされた彼女は、紙を巻き上げてばっと起き上がり、

「知事！　ご自慢の筋肉で撥《は》ねのけてください、はやく！　ほら、ここに鉄棍《てっこん》も──」

「うるさいっっっ‼」

べしんっっ‼

秘書官の顔に、凄《すさ》まじいスピードで叩《たた》きつけられる封筒。そこにはごりごりの太字、筆圧でもって、でかでかと『辞表』と記してある。

「……えっ。じっ、辞表っっ⁉」

完全かつ念入りにできあがっているそれは、いつか来る今日の為《ため》に、パウーが常日頃から懐《ふところ》に忍ばせていたものに相違ない。

「ざまあみろ、もう知らん。私は私の幸せを取るぞ。後のことは勝手にしろ‼」

「そんなっっ！　今、知事が辞めてしまったら、誰が書類に許可を出すんです‼」

べちんっっっ‼

可哀想《かわいそう》な秘書官の顔に投げつけられる、朱肉の張り付いた印鑑！

「判子なんざくれてやるから、お前が押せ────ッッ‼」

「跳ぶぞパウー。摑《つか》まれ！」

「だっ、だ、誰か──っ！　執務室に、暴漢がっ」

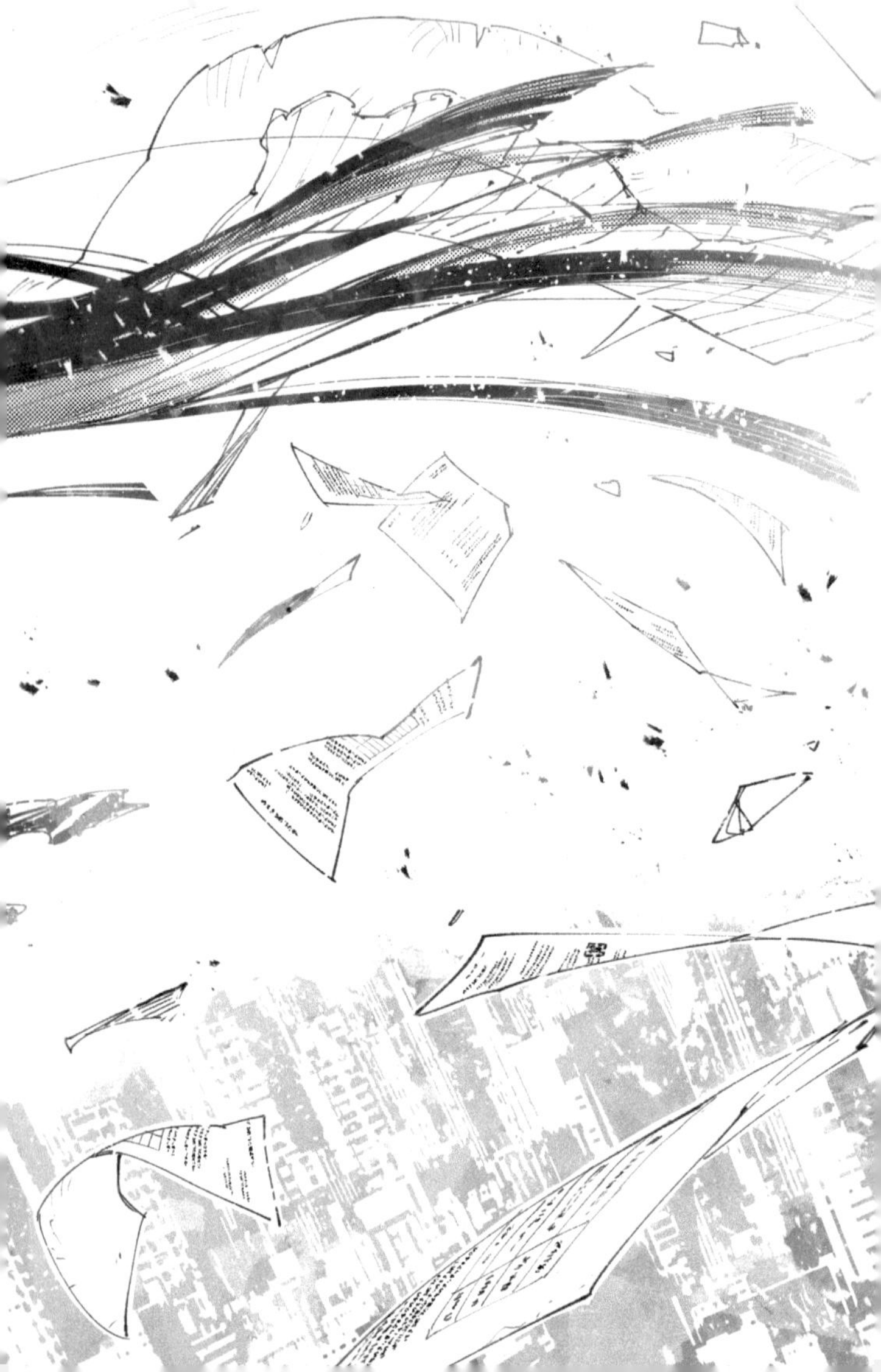

ぼぐんっっ！

執務室の床からシメジの発芽で跳んだビスコは、そのまま中空を踊って唐草大通りの屋根を跳ね、そのまま南門へ向けて突っ走ってゆく。

「知事が誘拐された——ッッ!!」

「こんなに仕事が残ってるのに!!」

「イグアナを出せ!!」

「赤星《あかぼし》の野郎、とうとうやりおったなァ！　忌浜《いみはま》自警、出撃じゃ——ッッ！」

ナッツ率いる忌浜《いみはま》自警団が次々と放ったイグアナ騎兵が、パウーを抱いて逃げるビスコ目掛けて砂塵《さじん》を上げて追ってくる。

「おい、パウー！　重いんだが。自分で走ってくれよ！」

「だめだっっ!!　私がどれだけお前を待ったと思っているんだ。ロマンチックな場面に、水を差すなっっ!!　バカ!!」

「すげえ怒られたんだけど」

「ビスコ、パウー！　こっち——っ!!」

南門の方から、ミロの呼び声がする。

南門はすでにその扉を閉じようとしているところだったが、そこへ、ばがんっっ!!　と振り下ろすアクタガワの一撃を喰《く》らい、完全に縦に裂けてしまっていた。

「あの裂け目から抜けるぜ。強硬手段だが、小言は後にしろよ！」

「小言？　なぜだ？」

「いやだって、門が壊れたら、街が――」

「つまらない事を。それよりもっと強く抱け」

ぼぐんっっ！

大きく跳ねて門を越えた二人は、そのままミロがジャンプさせたアクタガワの鞍《くら》に抱き留められ、埼玉鉄砂漠《てつさばく》の上にどすんと降り立った。

「攫《さら》ってきた⁉」

「うん」

「よろしい！」

ミロは弾《はじ》けるような笑顔でビスコを出迎え、

「さっさと逃げよう！　ナッツのことだから、単騎でも追ってきそう」

「しかしミロ。あてがないぞ！　忌浜《いみはま》も京都も敵に回しては、日本に居場所など……」

「鹿児島で！」アクタガワをミロがけしかければ、巨大な八本足が砂を咬《か》んで走り出す。「紅菱《べにびし》が国を興《おこ》すって言ってるんだ。そこに行ってみよう」

「鹿児島⁉」

「異形だらけの土地だぞ。あんなとこ人が住めるかぁ？」

「だからこそだよ。紅菱《べにびし》の土地おこしに協力すれば、シシも僕らを京都から守ってくれるはず！　……うわ、来た来たっ！」

外壁に備え付けられた榴弾砲《りゅうだんほう》、空中から山なりな軌道を描いてスッとんでくる砲丸が、走りゆくアクタガワの右に左に落ち、大きな炸裂《さくれつ》で砂を巻き上げた。

「容赦ねえな！　こっちには人質がいるんだぞ！」

「前に集中しろ、二人とも。後ろは引き受けるッ！」

ええっ⁉　と声を上げる二人の眼前で、人質はアクタガワのバックパックからスペアの鉄棍《てっこん》を引き抜くと、風に艶《つや》やかな黒髪を躍らせる。

眼前に迫り来る砲弾に対して、

「けえぇえりゃァあああ――――ツッツ‼」

ずばんっっ‼

咬《か》み付く黒蛇の一撃、旋風のような鉄棍《てっこん》の一閃《いっせん》が捉え、それを忌浜《いみはま》外壁に向けて強《した》たかに叩《たた》きつけた。外壁は爆発に耐え切れず、ごごごご、と音を立てて崩落してゆく。

「フン。脆《もろ》い……」

「ちょおお――っっ、パウー‼」

「や、やりすぎだぞ、お前‼」

「なぜだ？　滅べばいいのだこんな街」

手櫛《てぐし》で髪を撫《な》でつける、そのあっけらかんとしたパウーの表情は……

なにか重いものを脱ぎ捨てたような、開き直りと、美しさに満ちている。

「この壁も破壊したほうがいい。とっくに錆《さ》び風など吹かないのに、こんな大仰な。こんなものに阻《はば》まれているから、忌浜《いみはま》も世界が見えないのだ！」

「お前、三分前までここの知事だったんだぞ!?」

「そんな昔のことは覚えていない！」

追って放たれる砲弾を二発、三発と弾《はじ》き飛《と》ばして、パウーは爆風に己の双眸《そうぼう》を照らし、心からの笑顔で笑った。

「そんな昔のこと、覚えていない。わたしの胸は今、明日でいっぱいなのだ！」

ビスコと、ミロは。

その、鉄の焦げる香りと、炎に照らされる女の美しさに、しばし見惚《みと》れて、

（――火みてえな女だ）

「……やばい！　ビスコ、このままじゃほんとに街が滅びるよ!!」

「パウーを忌浜《いみはま》から遠ざけるんだ。いくぞ、」

「「アクタガワ――――ッッ!!」」

二人の号令に、ここ一番の意志力を感じ取ったアクタガワは、その健脚を全開にして、その

場を遠ざかってゆく。

風が――

パウーの髪を、一本の直線のようになびかせる。

もうすっかり錆《さび》の取れた、白い襟首に手をあてると、

少し、伸びた爪が……

肌に喰《く》いこんでわずかな痛みを伝えた。

パウーはしばらく、爪の痛みをそうして感じながら、過去になっていく街をじっと見送っていた。

あとがき

猫アレルギーだ。

僕自身の、あるいは猫の気持ちとは関係なく、おたがいと相いれない体質なのだ。近くに猫の存在を感知するとにわかに僕の目は血走り、気管支が締まり、

「ぜひゅゥ、ぜひゅゥ」

なんとも哀れな……虫のような呼吸を繰り返すのみとなる。

なので子供のころは猫が怖かった。祖母の家で猫を飼っていたので、僕の小児喘息《しょうにぜんそく》にかまわず縦横無尽に走り回るそのベリーちゃん（雌、享年二十一）を怯《おび》え見ては、

（自由の獣だ……）

束縛と無縁な生き様に、畏敬に近い感情を抱いたものである。

しかし時が経《た》ち、僕自身が自由になった今になって、猫をただお気楽な――悩みなき生き物だと思うのは、おれの傲慢ではないだろうか？　と思うようになった。

自由なものは自由のなかでまた悩み迷うものでしょう。

そういう――

一方的な敬意と恐怖をかさねて、今作がある。

ビスコ、あるいは月餅《げっぺい》といった自由の獣たち、その対義語を今回は『社会』とした。

無論のこと社会は悪ではない。必要なものだ。錆喰《さびく》いビスコの世界には明確な善とか悪は存在せず、ただバランスがあるだけである。

ただ、人生のふとあるときに、

「自分はあるいは、『猫』なんではないか……？」

人混みのなか、そう思うにんげんが、必ずいるであろうと思う。

僕がそうだった。

今作は、そういう人たちと、そうでない人たちへの賛歌を込めてしたためたものだ。

自分は何者か？

人か、猫か。もしくは鷹《たか》か、はたまた狼《おおかみ》なのか？

その問いかけこそ愛おしい。迷い続ける求道の精神にこそ神は宿り、そのみちびきにていずれは何かの確信をもたらすものだと、僕は思っている。

どうかみなさまが、心の呼ぶほうへ健やかに歩まれますことを、まったく僭越《せんえつ》ながら、お祈りするものでございます。

……そんなところでページいっぱいのようでちょうどよかった。

それではまた。

瘤久保《こぶくぼ》　慎司《しんじ》

錆喰いビスコ
コミカライズ第2弾
出雲六塔編
鋭意進行中!!
The world blows the wind erodes life.
A boy with a bow running
through the world like a wind.
[原作]瘤久保慎司 [漫画]夏星創
[キャラクターデザイン]赤岸K [世界観デザイン]mocha
イラスト：夏星創
COMING SOON

◉瘤久保慎司著作リスト

「錆喰いビスコ」（電撃文庫）
「錆喰いビスコ2　血迫！超仙力ケルシンハ」（同）
「錆喰いビスコ3　都市生命体「東京」」（同）
「錆喰いビスコ4　業花の帝冠、花束の剣」（同）
「錆喰いビスコ5　大海獣北海道、食陸す」（同）
「錆喰いビスコ6　奇跡のファイナルカット」（同）
「錆喰いビスコ7　瞬火剣・猫の爪」（同）

本書に対するご意見、ご感想をお寄せください。

ファンレターあて先
〒102-8177　東京都千代田区富士見2-13-3
電撃文庫編集部
「瘤久保慎司先生」係
「赤岸K先生」係
「mocha先生」係

読者アンケートにご協力ください!!

アンケートにご回答いただいた方の中から毎月抽選で10名様に「図書カードネットギフト1000円分」をプレゼント!!

二次元コードまたはURLよりアクセスし、
本書専用のパスワードを入力してご回答ください。

https://kdq.jp/dbn/　パスワード　**hm6tk**

- 当選者の発表は賞品の発送をもって代えさせていただきます。
- アンケートプレゼントにご応募いただける期間は、対象商品の初版発行日より12ヶ月間です。
- アンケートプレゼントは、都合により予告なく中止または内容が変更されることがあります。
- サイトにアクセスする際や、登録・メール送信時にかかる通信費はお客様のご負担になります。
- 一部対応していない機種があります。
- 中学生以下の方は、保護者の方の了承を得てから回答してください。

本書は書き下ろしです。

この物語はフィクションです。実在の人物・団体等とは一切関係ありません。

電撃文庫

錆喰《さびく》いビスコ7

瞬火剣《またたびけん》・猫《ねこ》の爪《つめ》

瘤久保慎司《こぶくぼしんじ》

2021年３月10日　初版発行
2024年11月20日　４版発行

発行者　山下直久
発行　株式会社KADOKAWA
〒102-8177　東京都千代田区富士見2-13-3
0570-002-301（ナビダイヤル）
装丁者　荻窪裕司（META＋MANIERA）
印刷　株式会社 KADOKAWA
製本　株式会社 KADOKAWA

※本書の無断複製（コピー、スキャン、デジタル化等）並びに無断複製物の譲渡および配信は、著作権法上での例外を除き禁じられています。また、本書を代行業者等の第三者に依頼して複製する行為は、たとえ個人や家庭内での利用であっても一切認められておりません。

●お問い合わせ
https://www.kadokawa.co.jp/（「お問い合わせ」へお進みください）
※内容によっては、お答えできない場合があります。
※サポートは日本国内のみとさせていただきます。
※Japanese text only

※定価はカバーに表示してあります。

©Shinji Cobkubo 2021
ISBN978-4-04-913267-0　C0193　Printed in Japan

電撃文庫　https://dengekibunko.jp/

電撃文庫創刊に際して

文庫は、我が国にとどまらず、世界の書籍の流れのなかで〝小さな巨人〟としての地位を築いてきた。古今東西の名著を、廉価で手に入りやすい形で提供してきたからこそ、人は文庫を自分の師として、また青春の想い出として、語りついできたのである。

その源を、文化的にはドイツのレクラム文庫に求めるにせよ、規模の上でイギリスのペンギンブックスに求めるにせよ、いま文庫は知識人の層の多様化に従って、ますますその意義を大きくしていると言ってよい。

文庫出版の意味するものは、激動の現代のみならず将来にわたって、大きくなることはあっても、小さくなることはないだろう。

「電撃文庫」は、そのように多様化した対象に応え、歴史に耐えうる作品を収録するのはもちろん、新しい世紀を迎えるにあたって、既成の枠をこえる新鮮で強烈なアイ・オープナーたりたい。

その特異さ故に、この存在は、かつて文庫がはじめて出版世界に登場したときと、同じ戸惑いを読書人に与えるかもしれない。

しかし、〈Changing Times,Changing Publishing〉時代は変わって、出版も変わる。時を重ねるなかで、精神の糧として、心の一隅を占めるものとして、次なる文化の担い手の若者たちに確かな評価を得られると信じて、ここに「電撃文庫」を出版する。

1993年6月10日
角川歴彦

電撃文庫DIGEST　3月の新刊

発売日2021年3月10日

第27回電撃大賞《大賞》受賞作 **ユア・フォルマ** 電索官エチカと機械仕掛けの相棒 【著】菊石まれほ　【イラスト】野崎つばた	天才捜査官エチカの新しい相棒は、ヒト型ロボットのハロルド。機械のくせに馴れ馴れしい彼に苛立つエチカ。でも捜査の相性だけは……抜群だった。最強の凸凹バディが凶悪電子犯罪に挑む、SFクライムドラマ開幕！
第27回電撃大賞《金賞》受賞作 **ギルドの受付嬢ですが、残業は嫌なのでボスをソロ討伐しようと思います** 【著】香坂マト　【イラスト】がおう	ギルドの受付嬢・アリナを待っていたのは残業地獄だった!? 全てはダンジョン攻略が進まないせい…なら自分でボスを倒せばいいじゃない！　残業回避・定時死守、圧倒的な力で(自分の)平穏を守る異世界コメディ！
第27回電撃大賞《銀賞》受賞作 忘却の楽園Ⅰ **アルセノン覚醒** 【著】土屋 瀧　【イラスト】きのこ姫	武器、科学、宗教、全てを捨てた忘却の楽園〈リーン〉。少年・アルムは、体に旧世界の毒〈アルセノン〉を宿した囚われの少女・フローライトと出会う。二人を巡り交錯する思惑は欺瞞の平和に"変革"をもたらす――。
第27回電撃大賞《銀賞》受賞作 **インフルエンス・インシデント** Case:01 男の娘配信者・神村まゆの場合 【著】駿馬 京　【イラスト】竹花ノート	現代メディアを研究する才媛・白鷺玲華と助手・姉崎ひまりのもとに男子高校生・中村真雪が助けを求めに来る。実は彼はネットで活躍するインフルエンサーで――。SNSと現実がリンクする様々な事件に立ち向かえ！
ソードアート・オンライン プログレッシブ7 【著】川原 礫　【イラスト】abec	第七層でキリトを待ち受けていたのはカジノ、そしてかつて全財産を失った《モンスター闘技場》だった。闘技場に仕掛けられた不正行為を探るキリトとアスナは、思いがけずカジノの暗部へと足を踏み入れていく――。
俺の妹がこんなに可愛いわけがない⑯ 黒猫if　下 【著】伏見つかさ　【イラスト】かんざきひろ	「"運命の記述"……いっちょ俺にも書かせてくれよ」恋人同士になった京介と黒猫。二人の運命はさらに大きく変わっていく。完全書き下ろし黒猫ifルート、完結！
錆喰いビスコ7 瞬火剣・猫の爪 【著】瘤久保慎司　【イラスト】赤岸K 【世界観イラスト】mocha	忌浜では人間が次々と猫化する事件が発生。事態を収拾するべくビスコとミロがたどり着いたのは――猫侍たちが治める猫摩国！　猫将軍・羊羹とともに元凶の邪仙猫に挑むが、その肉球が掴むのは黒革に向けて放った超信矢で!?
新説　狼と香辛料 **狼と羊皮紙Ⅵ** 【著】支倉凍砂　【イラスト】文倉 十	コルと２人だけの騎士団を結成したミューリは、騎士という肩書きに夢中になっていた。そこにハイランドから、新大陸を目指しているという老領主の調査を頼まれる。彼には悪魔と取引しているという不穏な噂があって!?
神角技巧と11人の破壊者 下　想いの章 【著】鎌池和馬　【イラスト】田畑壽之 【キャラクターデザイン】はいむらきよたか、田畑壽之	破壊と創造。絶対無比の力を得た少年の物語もいよいよ佳境に。神角技巧を継承することで得た力と、過酷な旅をともに乗り越えることで得た仲間との絆。その全てを賭して少年は『11人目』との最後の戦いに挑む――！
ちっちゃくてかわいい先輩が大好きなので一日三回照れさせたい3 【著】五十嵐雄策　【イラスト】はねこと	花梨の中学生の妹に勉強を教えることになった龍之介。きっと中学時代の先輩のような感じなのだろう！　と快諾して先輩の自宅へ向かうと、現れたのは花梨と真逆でグイグイ迫ってくる、からかい好きな美少女JCで!?
ヒロインレースはもうやめませんか？② ～新ヒロイン排除同盟～ 【著】旭 蓑雄　【イラスト】Ixy	「俺、ちっちゃい頃に将来結婚するって約束した人がいるんだ」錬太郎の突然の爆弾発言に、争いを続けていたむつきとしおりと萌絵は新ヒロインの参入を阻止するため一時休戦！　3人でヒロイン追加を絶対阻止だ！

おもしろいこと、あなたから。

電撃大賞

自由奔放で刺激的。そんな作品を募集しています。受賞作品は「電撃文庫」「メディアワークス文庫」「電撃コミック各誌」等からデビュー!

上遠野浩平(ブギーポップは笑わない)、高橋弥七郎(灼眼のシャナ)、
成田良悟(デュラララ!!)、支倉凍砂(狼と香辛料)、
有川 浩(図書館戦争)、川原 礫(ソードアート・オンライン)、
和ヶ原聡司(はたらく魔王さま!)、安里アサト(86-エイティシックス-)、
佐野徹夜(君は月夜に光り輝く)、北川恵海(ちょっと今から仕事やめてくる)など、
常に時代の一線を疾るクリエイターを生み出してきた「電撃大賞」。
新時代を切り開く才能を毎年募集中!!!

電撃小説大賞・電撃イラスト大賞・電撃コミック大賞

賞(共通)
大賞……………正賞+副賞300万円
金賞……………正賞+副賞100万円
銀賞……………正賞+副賞50万円

(小説賞のみ)
メディアワークス文庫賞
正賞+副賞100万円

編集部から選評をお送りします!
小説部門、イラスト部門、コミック部門とも1次選考以上を通過した人全員に選評をお送りします!

各部門(小説、イラスト、コミック)郵送でもWEBでも受付中!

最新情報や詳細は電撃大賞公式ホームページをご覧ください。

http://dengekitaisho.jp/

主催:株式会社KADOKAWA

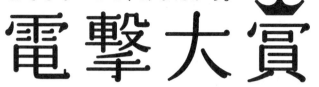